跟着唐诗去旅行

乔小主 著

北方联合出版传媒(集团)股份有限公司

 万卷出版公司

ⓒ 乔小主　2020

图书在版编目（CIP）数据

跟着唐诗去旅行 / 乔小主著. — 沈阳：万卷出版
公司，2020.4
ISBN 978-7-5470-5318-8

Ⅰ．①跟… Ⅱ．①乔… Ⅲ．①唐诗—诗歌欣赏 Ⅳ.
①I207.227.42

中国版本图书馆CIP数据核字（2020）第030888号

出 品 人：刘一秀
出版发行：北方联合出版传媒（集团）股份有限公司
　　　　　万卷出版公司
　　　　　（地址：沈阳市和平区十一纬路25号　邮编：110003）
印 刷 者：辽宁新华印务有限公司
经 销 者：全国新华书店
幅面尺寸：145mm×210mm
字　　数：220千字
印　　张：8.5
出版时间：2020年4月第1版
印刷时间：2020年4月第1次印刷
责任编辑：朱婷婷
责任校对：高　辉
装帧设计：张　莹
ISBN 978-7-5470-5318-8
定　　价：39.80元
联系电话：024-23284090
传　　真：024-23284448

目录

序　言

　　一千多年前的盛唐，是一个有诗，也有远方的年代。只要拥有对美景的向往，便可以任性地迈开脚步，从山巅，到水畔，从村野，到城邦，从江南水乡，到烽火边塞……

　　那是一段繁华盛世，流淌在中国人血液中的古朴的浪漫，汇聚成一句句或唯美，或忧伤，或悲情抒怀，或壮志激昂的唐诗。唐代的文人，将各种各样的浓厚情感融入到眼前的美景当中。都说读万卷书不如行万里路，他们在用脚步丈量祖国大好河山的旅途中，却从来没有舍弃书卷的陪伴。

　　几年前，一次偶然的机会来到黄鹤楼，不知为何，脑海中突然回荡起一句"晴川历历汉阳树，芳草萋萋鹦鹉洲"。这突如其来的诗句，忽然让我真正了解到古人在写下诗词时的真情实感。于是，我便萌生了一种想要追寻着唐诗去旅行的念头。

　　在这几年的旅行当中，唐诗成了我最优秀的导游。在它们的引导下，祖国的名山大川、风景名胜，一个个呈现在我的面前，也让我真正懂得了那些与之相关的唐诗中的内涵。

　　行走于祖国的河流与山川之间，是唐诗让我发现旅行原来也可以如此多彩而又充满文化底蕴，跟随着唐代诗人的脚步，用文字和图片记录下行走的每一寸土地，到达的每一个地方，也许这就是旅行的真正意义。

在与唐诗交织的美景当中，我的心中也种下一份古典情怀。一段多彩的回忆，就这样收藏在记忆的闸门当中。渐渐地，习惯了将旅行路上的所见所闻都记录在文字当中，那些曾经深深刻在记忆当中的唐诗，也随着身临其境而品出了更加深厚的韵味。它们都将成为我生命中最重要的养料，见证生命中那些最珍贵的时光。

第一章

荆楚风情

赤壁·自将磨洗认前朝

　　往事风烟，终难抵繁华落幕。悠悠三千流水，盛了多少英雄之泪。古今沧桑巨变，但总有一句诗词吟出一段感叹，哪怕历经数百年，仿佛依然能够让人感受到当年的江山如画，英雄豪气。

　　每当重温三国那段历史，便会不由自主地回想起发生于赤壁的那场最著名的战役。一首《赤壁》诗，便会浮现于脑海，流淌于唇舌之间：

> 折戟沉沙铁未销，
> 自将磨洗认前朝。
> 东风不与周郎便，
> 铜雀春深锁二乔。

　　一段诗词，凝聚了一段人生。诗中沉郁的情感，如同一位饱经风霜的老者，在娓娓讲述着当年，令听者不禁心生一段唏嘘恻隐之情。如画的江山，让古人留下多少浓墨重彩。一江春水永恒流淌，当年在江边洒下泪的男儿，却早已作古。

　　诗中讲述了三国时期的一场著名战役——赤壁之战，不过，这首《赤壁》诞生之时，却已经是六百多年之后的晚唐。

那时的杜牧，正在经历人生中的失意。途经赤壁时，由这个当年关系到吴国生死存亡之地，自然而然地联想到大唐江山的社稷安危，更想到自己胸怀大志却不曾受到重用的苦楚，一腔苦闷，无处倾诉，唯有诉诸诗词。

历史的烟云从杜牧眼前轻轻划过，仿佛将他带回了建安十三年（208）的那场赤壁之战。

那时，曹操假借天子之名，号称"讨伐叛逆"，向孙权下了战书。为了抵抗曹操，孙权与刘备结成孙刘联盟。孙刘联军溯江西进，与顺流而下的曹军在赤壁相遇，曹军初战不利，退往长江北岸的乌林（三国时期古战场，与赤壁隔江，今湖北洪湖），双方隔江对峙。当时，正当冬季，天气干燥。而曹操的军队除了小部分是接收的原来荆州刘表的部队，大部分是来自冀州、青州等地的中原士兵，不识水性，就是在船上行走都很困难，更别说水上作战了。于是曹操下令将舰船用铁锁链首尾相连，减弱了风浪颠簸，这样人马于船上就能如履平地。鉴于曹操此举，周瑜部将黄盖建议采用火攻战术以败曹军。

决战当晚，周瑜命人选取十艘艨艟战船，满载干草与枯柴，又在上面浇上油，外面裹上帷幕，插上旌旗，船尾还系上一批轻快的小船，以便在大船起火时转移。

黄盖先派人送信给曹操，谎称打算投降。曹操自负轻敌，相信黄盖的诈降。黄盖带着这些事先准备好的战船，顺风驶向曹船。那时东南风刮得很急，走到江心之时，黄盖又让十艘战船升起船帆。曹军官兵见状，都以为是黄盖来投降了。距离曹军还有2里多的距离时，十艘战船同时点火。风助火势，东南风让十艘着了火的战船以风驰电掣的速度朝着曹军方向行驶。眼看着火船乘风而来，曹军大惊失色，慌忙中欲掉头撤离，只可惜战船全部连接在一起，遂眼睁睁地看着十艘火船追赶而至。大火引着了曹操的战船，愈燃愈烈，顿时一片火海，迅速延及岸边营屯。顷刻之间，烈火伴着浓烟，遮天蔽日，曹军人马死伤不计其数。周瑜等率领轻装的精锐部队紧跟在后面，擂起战鼓，大举进攻，曹军大败。曹操深知已不能挽回败局，下令引军退走。

联军水陆并进，追击曹军。曹操率领残余部队，取捷径经华容道步行得以逃脱。

赤壁一战，令曹操的军队伤亡过半。逃回江陵之后，曹操担心赤壁之战的失利会导致后方政权不稳，便立刻撤回了北方。至此，孙刘联军取得了赤壁之战的胜利，同时，也创造了中国军事史上以弱胜强的著名战例。

恍惚之间，杜牧从那漫天的战火与厮杀之声中回到了现实，眼前哪里还有半点儿战争的场景？他渐渐收拢有些模糊的视线，发现泥沙之中隐约露出一段金属制成的器物。他走到近前才发现，那是一段在战争中折断的战戟。不知在泥沙中被埋没了多少年，却有幸不曾被泥沙销蚀。

前朝的遗物，仿佛在提醒着杜牧岁月流逝，物是人非。那段折戟在江底大概已经沉了六百多年，上面已经锈迹斑斑，引出了杜牧的思绪万千。于是，他费了好大的功夫，将它认真地磨洗干净，仔细辨认之后，更加确信这就是赤壁之战遗留下来的兵器。

一句"东风不与周郎便，铜雀春深锁二乔"，成了千古名句。摩挲着这段折戟，杜牧的思绪又飘回了几百年前……若不是当年的那场东风助了周瑜一臂之力，也许最终的失败者就是他。

　　强劲的东风，帮助火船烧毁了曹操的战船，也帮助周瑜在这场战役中以少胜多。这是一场殊死决战，东风则成了周瑜的制胜点。如果不是东风帮忙，也许那段广为人知的历史便会改写。对于后人来说，历史究竟如何演变，似乎并不重要。至于大乔与小乔两位绝世美女，想必就会被曹操深锁在铜雀台中供他享用了吧？她们则会因为赤壁之战的不同结局，承受截然相反的命运。

　　"春深"一词，饱含了无尽的韵味。金屋藏娇，听起来那样美妙，可谁又曾想过，两位娇娘，是否真的愿意被锁在铜雀台中？

　　大乔、小乔居于皖城，姐妹两人青春妙龄，貌似天仙，有倾国之色，且聪明过人，人们称其为"二乔"。两姐妹原本大门不出，二门不迈。一旦出门，路人们无不被她们的美貌所惊叹，说她们是仙女下凡。

　　孙策是当时远近闻名的"虎将"，被封为吴侯；周瑜也是当世英雄，容貌俊秀，智勇双全，他除了精通武艺之外，也精通音律。据说即使他在酒后微醺状态听演奏的时候，哪怕演奏者稍微弹错一个音，也逃不过他的耳朵。这时，他便向演奏者相顾，微笑示意他弹错音了。于是，便有两句歌谣唱道："曲有误，周郎顾。"

　　孙策和周瑜合兵攻下皖城后，也听闻"二乔"的美名，所以慕名来到乔家求亲。乔公看这两位将军少年英姿，战功显赫，也有意把自己的两个女儿嫁给二人。于是，便有了"孙策纳大乔、周瑜娶小乔"这样美女配英雄的千古佳话。

一对姐妹花，分别嫁给两个天下英杰，一个是雄略过人、威震江东的"孙郎"，一个是风流倜傥、文武双全的"周郎"，完美的男子与绝美的女子结合，堪称琴瑟和谐，相得益彰。

这对姐妹，虽从不参与任何一场战争，可她们作为东吴最高统治阶层的贵妇人，命运的走向代表着东吴的尊严。如果战争失败，那么"二乔"则会成为战俘，被曹操所掳，那时，想必东吴的社稷早已生灵涂炭。

悠悠千年，弹指一挥间。杜牧偶然发现的那一段折戟，如今早已消失无踪。当年饱受失意之苦的杜牧，也早已作古。唯有曾经火光盈天的赤壁，依然坐落在原处，无声地向世人讲述它对历史的见证。

整首诗通篇充满了艺术气息。在前两句，杜牧采用了以假作真的虚托手法。唐代的诗人对于这一手法似乎情有独钟，大多喜欢借助前朝的人或事来映衬当朝的人与事。

当思绪渐渐飘过，杜牧又不得不面对当下。此时，朝廷与吐蕃藩镇正在进行激烈的斗争，为此，他曾经不止一次谏言，提出对策。可惜，统治者的不开明，让十分通晓兵法的杜牧觉得英雄无用武之地。同时，在这首诗中杜牧也为自己没有生在唐朝最兴盛的时代而叹息。

风雨飘摇的晚唐，让杜牧深感一身抱负无处施展，却又无处言说，只能借助前朝之事聊发感叹。

赤壁之战，是三国时期最著名的战争之一。那一场战争，东吴将士大胜，在杜牧看来，是借助了东风之力。可惜，他所生活的年代，却无处去寻找能够借势的东风。

　　回顾赤壁之战，杜牧刻意回避了对战争惨烈以及东吴将士大胜之后的欢呼雀跃的场景的描述，而是通过对大乔与小乔二位美女的命运的揣测，用以小见大的方式，推演出若是东吴战败之后可能会面临的窘境。这是一种别出心裁的描写手法，让整首诗既生动形象，又含蓄蕴藉，富有情致，更让后人对当年发生战争的赤壁古战场心生许多向往之情。

　　赤壁是中国古代著名战役中唯一尚存原貌的古战场，如今已成为著名的旅游胜地。在赤壁矶头的临江悬岩上，书写着巨大的"赤壁"二字，相传，这就是当年周瑜亲笔所书之文字。

　　沿着赤壁古战场西行40余公里处，便是龙佑赤壁温泉，它坐落在风景秀美的五洪山麓。据说，温泉的水源，来自五洪山下的5口自流井，后又经过人工钻井，泉水自地下200多米深处涌出。泉水的温度可达62摄氏度，水质清澈，没有丝毫沉淀。用温泉水沐浴，可令肌肤光滑凉爽。在温泉周围，坐落着汉唐风格的建筑群，在旖旎的风光、万亩葱茏之中，一边沐浴温泉，一边欣赏古风建筑，可以感受到世外桃源般的恬静优雅，更有一种"偷得浮生半日闲"的意境。

　　在赤壁的山水里，我们总能很容易地找到这份惬意。在赤壁市东郊的陆水湖中近千个岛屿星罗棋布，最大的岛屿有100多公顷之大，最小的岛屿只如一叶扁舟之小。湖水清明澄澈，水面碧波荡漾，泛舟湖上，仿佛在明镜之上滑行。在陆水湖的南侧，有海拔近千米的雪峰山，登山鸟瞰，更觉景色气象万千。蓝天、白云、碧湖、花海……徜徉其中，令人心旷神怡。

体会过湖水的轻灵，更不能错过赤壁的山峰。陆水湖的南岸，矗立着赤壁雪峰山。雪峰山的最高峰海拔618米。唐朝一位法号"雪峰"的和尚在此修行，雪峰山因此得名。即便是在盛夏时节，雪峰山上也清凉无比，因此，这里也成了当地著名的避暑胜地。山中林木苍翠，与陆水湖遥遥相望，相得益彰。

雪峰寺、照天烛、丫髻亭、试剑石、望乡台、葛仙祠，都是雪峰山中的著名景点。这里是向往自然的人们的天堂，如同一片绿色的海洋，流淌在山峦之间。鸟鸣、风幽，在这里可以体会世间难得的惬意。

千百年前，战火熊熊，一幕幕战争厮杀的血腥场面仿若就在眼前。千百年后，我们来到这片土地，置身山水间，一幅盛世平安景象，所有美好的感受，层层叠叠地铺展在我们心中。

武当山·面朝大顶峰千丈

一首唯美的诗词，描绘出一段美好的梦境；一段刚劲的文字，也能描绘出诗者的万丈雄心。

唐代的诗，不乏风花雪月，更不乏以诗言志，借诗抒情。当读到著名道教人士吕洞宾的《题太和山》，才知道，原来一首诗，也能写出一段心境：

混沌初分有此岩，此岩高耸太和山。
面朝大顶峰千丈，背涌甘泉水一湾。
石缕状成飞凤势，龛纹绾就碧螺鬟。
灵源仙洞三方绕，古桧苍松四面环。
雨滴琼珠敲石栈，风吹玉笛响松间。
角鸡报晓东方曙，晚鹤归来月半湾。
谷口仙禽常唤语，山巅神兽任跻攀。
个中自是乾坤别，就里原来日月闲。
此是高真成道处，故留踪迹在人间。
古来多少神仙侣，为爱名山去复还。

作为"八仙"之中最著名的吕洞宾，自古以来，有关他的民间传说数不胜数。吕洞宾号纯阳子，他仙风道骨，逍遥一生，足迹遍布大江南北，在许多名胜古迹徜徉流连，也留下了许多与风景名胜相关的笔墨。

这首《题太和山》，就是吕洞宾在游览武当山时的抒情之作。武当山，在古时称为太和山，早在东汉以前，武当山便是世人所向往的"神仙窟宅"，更是神仙游息之墟，隐士学道之所。明代地理学家徐霞客说"余髫年蓄五岳志，而玄岳（武当）出五岳上，慕尤切"，仰慕之情溢于言表。

自古以来的道家隐士到武当山去游览胜景，除了瞻仰武当山的雄姿，大多还要留下笔墨纪念一番。武当山有七十二峰、三十六岩、二十四涧、十一洞、三潭、九泉、十池、九井、十石、九台等胜景。南岩作为三十六岩中最美的一岩，受历代文人墨客所青睐。吕洞宾的这首诗，便是借南岩之景，抒自己之情。

南岩位于"大顶之北，更衣台之东，炊火岩之西，仙侣岩之南。当阳虚寂，上倚云霄，下临虎涧，高明豁敞，石精玉莹，皆自然作鸾凤之形。万壑松风，千崖浩气……岩上分列殿廷，晨钟夕灯，山鸣谷震。……中有一泉，名曰甘露，水如珠灿，甘美清丽。幽人达士多居之，即三十六岩第一处"。南岩还有一个更好听的名字，便是紫霄岩，传说这里是玄武大帝炼真之地，相信也是因其看中了南岩的奇妙景色。

吕洞宾的《题太和山》，便是抓住了南岩最具清幽之美的景物，以自己独到的视角，对南岩的美景进行了多角度的渲染。

首句的"混沌初分有此岩，此岩高耸太和山"，便是在向世人描绘南岩之高，以及生成之早。古人将武当山称为太和山，是取自《易·乾》中"阴阳交会、冲合的元气"之意。吕洞宾借此一句告诉世人，早在天地形成之初，太和山的南岩便已经形成，并高高耸立于太和山的主峰之旁，凭借秀丽幽静的景致，成为太和山的三十六岩之首。也许是因为岩体生成较早，导致如今的南岩显得超尘脱俗，与众不同。吕洞宾不愿直接用笔墨来渲染南岩的清幽，而是将这里的美景归功于天地精华而成的产物。

"面朝大顶峰千丈，背涌甘泉水一湾。"这一句是在描写天柱峰，大顶天柱峰，海拔1600多米，被誉为"一柱擎天"。在古时，可以用"高万丈"来形容。它高耸入云，周围七十二峰俯首相向，构成了一座莲花形状的山系，并形成了"七十二峰朝大顶"的奇观，为中国其他名山所罕见。在它的身后，便是人称"甘露"的泉水。那泉水美丽而又甘甜，凡夫俗子得饮一口，仿佛便能飞升成仙。这天柱峰，是武当山道教建筑群的地标。南岩距离天柱峰金顶有30余里路，哪怕是隔着缭绕的云雾，也依然清晰可见伟岸的金顶。南岩也与大顶天柱峰遥遥相望，美不胜收。

武当第一岩与第一峰相互守望，一个秀丽，一个壮美，相互映衬，相得益彰。置身于此地，吕洞宾诗兴大发，于是这首《题太和山》应运而生。

"石缕状成飞凤势，龛纹绾就碧螺鬟。"这一句是在描绘南岩下方的飞升岩。飞升岩如同一只美丽的凤凰，悬在半空中，仿佛展翅欲飞。吕洞宾信步走到岩石下方，偶然看见一处石室。那石室中布满了天然造就的花纹，苍松古柏将石室环绕其中，仿佛少女头上绾就的碧螺鬟。可见，吕洞宾是个有人情味的神仙，最是爱好风雅。看到一处石室，便能联想到少女，还比喻得如此生动形象，更让人觉得武当山是一处灵动之地。

修道之人，对大自然赋予的一切最是珍惜。许多修道者喜欢在山中隐居，就是想要吸纳山中的自然之灵气。他们对大自然保持着一颗敬畏之心，也喜欢与自然尽可能地接近。对于大自然制定的一切规则，无条件地顺从，对于大自然教导他们的一切，也全部虚心接受。

哪怕是像吕洞宾这样一位被神化了的风雅道士，也对自然之美无比崇尚，更不会心生一丝一毫破坏自然之意。

"灵源仙涧三方绕，古桧苍松四面环。"这一句诗描绘的是另一番风景。这里的"灵源"，其实是一处山泉。山泉乃大自然的造化，天然而成，在修道之人眼中，自然是极有灵性的。至于"桧"，则是生长于武当山中的乔木，这乔木的树龄已经超过百年，因此，在"桧"字前面，又加上了一个"古"字。在任何人眼中，武当山的南岩，都是灵动之处。大自然仿佛将一切灵气都注入了这里，让这里的一水一木都活灵活现。南岩三面环水，四周的山峰鳞次栉比，苍翠浓郁。站在林间，透过头顶层层叠叠的枝叶，隐约可见浮云缭绕其间，仿佛一处人间仙境。徜徉此间，一切凡尘俗念顷刻无影无踪。吕洞宾不禁感叹，这里实在是一处适合修道的清幽所在。

"雨滴琼珠敲石栈，风吹玉笛响松间。"南岩的美景，从视觉上的描写已经占用了太多笔墨，吕洞宾在这里别出心裁，以声喻景，用雨水的声音来衬托南岩景色的幽清奇绝。武当山常年多雨，气候湿润。越是山顶位置，雨量越多。沿着山中小径，缓缓向上行走。途中偶遇山中落雨，却丝毫没有觉得这雨水恼人。若是在寻常人看来，游山玩水过程中遭遇下雨，必会心生埋怨，感叹自己运气不好。吕洞宾却保持着一贯的洒脱，再加上对山中美景的迷恋，反而觉得那雨滴如同珍珠一般，撞击在悬崖峭壁上的小道，发出的声音无比清脆悦耳。一阵山风徐徐吹来，引得山中松柏发出阵阵声响，如同制造出的海浪之声，又像是用玉笛吹奏出的仙乐一般动听。

一句诗，既有动，又有静。以动衬静，以声写景，更加让人觉得，南岩的环境是超脱于凡世的清幽。

"角鸡报晓东方曙，晚鹤归来月半湾。"吕洞宾在此处不着痕迹地描写了一段传说。传说当中，曾有丹凤集聚于武当山巅，上下和鸣。凡人不识丹凤，称其为天鸡。之所以写到此句，是因为吕洞宾在山中徜徉时，无意中听到一声鸡鸣，便联想起这一古老的传说。

"谷口仙禽常唤语，山巅神兽任跻攀。"便是在写到丹凤之余，又联想到仙禽和神兽在南岩周围的临终涧旁呼朋引伴，自在地攀缘、飞翔。其实，吕洞宾所见的这些飞禽走兽，并非什么神兽与仙鸟，只是山中最常见的一些野生鸟兽。不过，这些鸟兽却与山中的美景融为一体，成了山中美景的一部分，也是另一种美妙。

不得不承认，吕洞宾的想象力是丰富的，他仿佛在世人眼前铺陈开一幅广阔的山中画卷。南岩四周漫漫群山，苍松翠柏如同绿色的波涛，随着山风发出阵阵悠扬的曲调。岩石背后的甘露泉水汩汩涌动，形成一湾清水，如同一条镶嵌着宝石的玉带，从人们脚下缓缓飘过。他将诸多并没有生命的景致描写得无比生动形象，借助恰到好处的比喻，把一处人间美景描绘成人间仙境，就连山中的飞禽走兽，都被他想象成了仙禽神兽。

"个中自是乾坤别，就里原来日月闲。"别有洞天的武当山，的确堪称一处人间仙境。因此，吕洞宾才紧随其后又写了一句"此是高真成道处，故留踪迹在人间"，再一次印证了武当山的南岩就是玄武大帝修真成道之处，这也解释了为什么南岩的景致会如此玄妙，如此引人入胜。

最后一句"古来多少神仙侣，为爱名山去复还"，就连已经得道成仙之人，都因为喜爱这山中美景，明明已经飞升天庭，又忍不住返回人间，享受这天上难得的景致。其实，又何止成仙之人对武当山南岩的美景念念不忘，生活在凡尘俗世中的我们也不禁对南岩胜景心驰神往。

南岩以峰峦秀美而闻名，被道教称为真武得道飞升之"圣境"。它始建于元代至元二十二年到元代至大三年（1285—1310）。南岩现存的古建筑多为明代所建，每一建筑单元都建在峰、峦、坡、崖涧的合适位置上，借自然风景的雄伟高大、奇峭幽壑，构成仙山琼阁的意境，创造了自然美与人文美高度融合的名山景观。

这里独特的山体断层成就了险峻，南岩宫就构筑在这绝壁之上。历经七百年仍保存完整的南岩石殿，是中国建筑史上的奇迹。它南面向天柱（金顶），北靠紫霄峰，东连乌鸦岭，可望飞升崖。

南岩现存建筑共21栋，占地9万平方米。其中包括天乙真庆宫石殿、两仪殿、皇经堂、八封亭、龙虎殿、大碑亭、南天门等。山势飞翥，状如垂天之翼。

南岩有着闻名遐迩的天下第一香——龙头香（又名龙首石），其实它是一座位于石殿前伸出悬崖的石雕。龙头香通体长2.9米，宽0.55米，横空挑出，下临深壑，龙头朝向金顶，其上有古代工匠雕刻的两条盘龙，龙头顶端，雕一香炉。这两条龙传说是玄武大帝的御骑，玄武大帝经常骑着它们到处巡视，正因此，信士弟子们为表虔诚，每次来朝拜都要为烧"龙头香"而走上那阴阳生死的边界。由于下临万丈深渊且四周悬空，烧香的人要跪着从窄窄的龙身上爬到龙头点燃香火，然后再跪着退回来，稍有不慎，就会摔下而粉身碎骨。鉴于此，清康熙十二年，川湖总督部院下令禁烧龙头香，并立碑告诫。现在，悬崖处已经修起了栅栏，避免游人不慎出现危险。

在南岩宫感受武当山的险峻与奇美，体味武当山的神秘与空灵，武当山作为天下第一仙山，不负盛名。在这俊秀的风光中，我们暂时地忘却了俗世的风雨烟尘，收获一份难得的沉静。

荆门·月落西陵望不还

　　沿着诗词的小径，走着走着，便来到了光阴深处。有些羡慕古时的文人墨客，总有闲情雅致，徜徉于山水之间。这一次，跟着李涉诗词又来到了湖北荆门。

　　荆门位于湖北省中部，地处江汉平原西部。向东可眺望武汉，向南可眺望潇湘，西临三峡，北通川陕。自古以来被称为"荆楚门户"。荆门地区的交通四通八达，也是楚文化最早的发祥地之一。屈原、王昭君等历史名人，都与荆门相关。

　　荆门境内的山水宜人，风光旖旎，拥有丰富的自然人文景观。世界文化遗产、全国最大的单体帝陵——明显陵，以及楚汉古墓、屈家岭等文化遗址，都分布于此处。另外，雄奇险峻的京山空山洞、钟祥黄仙洞，更为这里增添了一抹奇幻的色彩。喜爱自然风光的人，更可到大洪山风景区和大口国家森林公园，领略钟灵毓秀的自然奇景。

　　就是在这片别致的风光里，诗人李涉写下了这首《竹枝词》。

　　　　荆门滩急水溅溅，两岸猿啼烟满山。

　　　　渡头少年应官去，月落西陵望不还。

巫峡云开神女祠，绿潭红树影参差。
不劳戍口初相问，无义滩头剩别离。

石壁千重树万重，白云斜掩碧芙蓉。
昭君溪上年年月，偏照婵娟色最浓。

十二峰头月欲低，空聆滩上子规啼。
孤舟一夜东归客，泣向东风忆建溪。

　　李涉，自号清溪子，洛阳（今河南洛阳）人，唐代诗人。文宗大和（827—835）中，任国子博士，世称"李博士"。李涉的这首写景诗，与其说是徜徉山水间的风雅，不如说是郁郁不得志的放逐。他的大半生，都是在不得志中度过的。对于他来说，每当漂泊到一处，都如同无根的浮萍，找不到内心的寄托。

　　李涉的生命中，有一个最重要的亲人，便是他的弟弟李渤。兄弟俩相依为命，度过了一段漫长的岁月。曾经，他们二人一同在宋州梁园（河南商丘）客居。梁园建于汉代，是梁孝王刘武营造的规模宏大的皇家园林，位于西汉梁国都城睢阳城内（在今河南商丘睢阳区东）。那是一座规模宏大的皇家园林，集离宫、亭台、山水、奇花异草、珍禽异兽、陵园为一体，是专供帝王游玩、出猎、娱乐的苑囿。

　　梁园也是历代文人雅士的文学阵地。唐代的著名诗人李白、杜甫、高适、王昌龄、李商隐、王勃、李贺等人都曾慕名来到梁园，尤其是李白，更是在这里居住了长达十年之久不舍离开，并留下了千古名诗《梁园吟》。

不过，早在两千多年前，司马相如客居梁园数年，临别时却留下了一句"梁园虽好，不是久恋之家"。这句不经意的言语，却印证在了李涉兄弟身上。

客居梁园时，李涉兄弟遭逢兵乱，迫不得已迁往南方，来到庐山香炉峰下避难，度过了一段隐居的岁月。

然而，隐居毕竟不是长久之计。弟弟李渤得到了成为太子宾客的机会，李涉的这一首《竹枝词》也许就是送弟弟李渤前去赴任时，途经荆门创作的一首送别之作。

首句"荆门滩急水潺潺，两岸猿啼烟满山"，开篇便刻画出一种兄弟离别时的情境。因为要送弟弟远行，兄弟二人一定是很早就出了门。清晨的薄雾尚未散去，缭绕在山林之间，仿佛一阵青烟，也更为李涉的心头笼罩上一层悲伤。荆门地处汉江中下游，拥有80多处河流湖泊。其中流域最广的便是居中的汉江水系。那一处的汉江之水，水流并不湍急，像极了李涉在送别之处刻意表现出来的平静。

然而，充斥耳膜的两岸猿啼，却凸显出李涉依依不舍的心情。那猿的叫声，听上去像婴儿的啼哭，这也足以证明，李涉的内心此刻是悲伤的。唐代诗人，总是喜欢借助猿啼来表达悲伤的情绪。李白也曾在《早发白帝城》中写下"两岸猿声啼不住，轻舟已过万重山"这样的字句。

"渡头少年应官去，月落西陵望不还。"在渡口处，弟弟李渤登船远行。李涉原本是应该为弟弟高兴的。太子宾客虽算不上什么高官，但好歹也是一个官职，好过四处飘泊的无依生活。唐代的太子宾客，是太子东宫属官，总共只有四人，掌调护侍从规谏等。也许有朝一日，弟弟会借助这一官职飞黄腾达，成为朝中重臣。

但此刻，李涉心情是纠结的。一面是为弟弟做官感到高兴，一面是为兄弟二人的分离而不舍。眼看着那小舟越走越远，慢慢地消失在视线之外，而李涉却一直站在原地，望着弟弟远去的方向，从天亮站到天黑，他在用这种方式表达对弟弟的思念。其实，李涉也不知道自己在等什么，也许是在等弟弟乘坐的小船中途折返，兄弟二人能从此团聚。可是，那便意味着弟弟失去了做官的机会，那是李涉无论如何也不愿意看到的。

"巫峡云开神女祠，绿潭红树影参差。"终于从与弟弟分别的愁绪中抽身出来，李涉这才有心情打量眼前的景色。眼前的巫峡，素以幽深秀丽著称。整个峡区奇峰突兀，怪石嶙峋，座座峭壁铺陈在眼前，绵延不断，宛若一条迂回曲折的画廊，充满诗情画意。巫峡的云雾，几乎常年不散，而此刻的巫峡，却似乎云雾渐散。都说巫山有神女，李涉不禁开始幻想，此刻的云开雾散，说不定意味着神女即将现身。传说巫山神女是天帝之女，闺名瑶姬，未嫁便死，死后葬于巫山之阳，精魂不散，依草而生，便是灵芝。

刚刚承受兄弟分别之苦的李涉，内心中的风雅在此刻终于显现。他继续四面观望，发现虽然日已西垂，月亮已经隐约爬上树梢，但一潭碧水还是清晰可见，树影倒映在碧潭之上，再加上夕阳的映衬，呈现出浓艳的红色。参差的树影在水面上摇摆，的确如同巫山神女一般可爱。

"不劳戍口初相问，无义滩头剩别离。"然而，内心的轻松只不过一瞬间便荡然无存。他的目光无意中又飘向了弟弟离开的方向，一阵想念又突如其来地袭上心头。如果此时有人从身旁路过，即便不用开口询问，从李涉的一脸忧郁上，也能看出他必有心事。再次看一眼送别的那处滩头，与刚刚相比，几乎没有丝毫变化，它从不会因为任何一个人的离开而显得悲伤，与李涉心中的兄弟情义比起来，显得那样无情无义。

"石壁千重树万重，白云斜掩碧芙蓉。"巫峡的石壁众多，在李涉看来，有千重之数。然而，树木的数量却比石壁还要多上十倍不止，简直有万重之多。眼前的景象，一派苍郁。如果换做心情轻松之人看来，简直赏心悦目。可在李涉看来，不过是徒增压抑而已。

好在，正是芙蓉花开的时候。万绿丛中的一抹粉红，稍稍冲淡了李涉的离别之苦。粉红的芙蓉与天上的白云相互映衬，仿佛含羞带笑的少女，以白云为面纱，斜斜地遮住自己的面容，原来，人生本应是如此灿烂美好的。

"昭君溪上年年月，偏照婵娟色最浓。"这里所说的"昭君溪"，便是如今的香溪。传说王昭君在出塞前常于溪中浣洗香罗帕，溪水尽香，因此而得名。美丽的昭君溪，仿佛一条流香溢美的彩带，在李涉面前铺陈开来。当年，昭君与匈奴单于和亲，促进了汉匈两族的友好，王昭君也凭借出塞的义举，赢得了后世的尊敬。

李涉又不禁想到了杜甫的一句诗："群山万壑赴荆门，生长明妃尚有村。"从荆门顺着昭君溪上至兴山境内，便是王昭君的故乡。诗中所说的明妃，便是王昭君。

月亮已经越升越高，天色也彻底变暗了。月亮斜斜地照在昭君溪上，让这溪水的情致显得愈发浓烈。

"十二峰头月欲低，空聆滩上子规啼。"在昏暗的夜色中极目远眺，巫峡十二峰映入李涉的眼帘。十二峰峰峦高耸，峰顶常有云雾笼罩，扑朔迷离。其实，巫峡的山峰又何止十二座，只不过这坐落于巫峡南北两岸的十二峰因为景色异常秀美，而更加出名。这十二峰，上干云霄，壁立千仞，直插江底。十二峰中，最出名的便是神女峰，依然与巫山神女的传说有关。

在十二峰头，月亮仿佛不是高高挂在天上，而是即将降落到人间。此时此刻，李涉的耳边传来杜鹃鸟的啼叫之声，不知不觉，又唤醒了他心中的离愁。传说杜鹃的啼叫之声是催归之意，在传说中杜鹃鸟为蜀帝杜宇的魂魄所化成，常在夜晚啼叫，声音又十分凄切。心中有悲伤的人听来，更增添了几许悲苦哀怨之情。

末句"孤舟一夜东归客，泣向东风忆建溪"，伤感了许久，感叹了许久。江边渡头毕竟不是久留之地，也是到了该返还的时候了。乘上向东归去的小船，只剩下了李涉一个人。来的时候还是兄弟二人，此时的李涉显得有些形单影只。

回忆起兄弟二人同在建溪的时光，李涉心中又是一阵难过。男儿有泪不轻弹，一阵东风吹过，李涉的眼眶终究还是湿润了。两颗思念的泪水，无声地落入江水之中。不要怪此刻的他太过脆弱，要怪就怪这东风太不晓得人世间的离愁，吹得太不是时候吧！

整首《竹枝词》，似乎缭绕着浓浓的离愁别绪。然而穿透李涉的离愁，也让人对荆门更加向往。究竟是怎样壮阔优美的景致，能让李涉在如此浓郁的离愁之中，得到暂时的抽离，沉浸于此呢？

在历史中浸泡过的山水，总是多了一份凝重。

如今的荆门市是中国优秀旅游城市，这座充满了深厚历史文化底蕴的名城，正在彰显它独有的魅力。

位于钟祥市的大口国家森林公园，地处大洪山风景区南麓，总面积1590公顷，森林覆盖率超过90%。园内气候独特，冬无严寒，夏无酷暑，雨量充沛，年平均气温15.9摄氏度。园区以低山地貌为主，主要为落叶阔叶林和针阔混交林。园内自然景观优美，人文景观众多，还有一些佛寺禅院、道观仙宫遗址。融奇花异木、珍禽走兽、溶洞、溪泉、瀑布、文物古迹于一体，实为不可多得的人间仙境。

自古以来，人们对于仙境的向往从未停歇。观音岛便是人们渴望到达的仙境。

位于漳河水库岛屿群之中的观音岛，别有一派世外仙境景象。岛上百鸟争鸣，花香林幽，四面环水，置身其中，如同隔绝尘世，来到仙境。传说中，观音岛只是一处巨型岩石，突兀嶙峋，寸草不生。一日，观音菩萨到此处小憩，手中拂尘一展，香汗渗入巨石，立刻林生草长，百花争艳，百鸟争鸣。观音岛一名，也因此而来。如今，岛上立有一座高18米的双面滴水观音。泛舟漳河，乘兴登岛，穿过古色古香的观音岛牌坊，拾级而上，探幽径，采芳草，观百花，赏奇景，或攀爬，或休闲，其乐融融，烦恼皆无。这里真是人间仙境，世外桃源。

在荆门的土地上景色同样诱人的还有黄仙洞，也叫"黄金洞"。之所以得此名，是由于石灰岩石在天然水和地下水的溶蚀作用下，经过漫长的历史，形成了极其奇特的洞天石林景观。黄仙洞全长2500余米，洞内蜿蜒曲折，跌宕起伏。形态各异、色彩绚丽的钟乳石比比皆是。同时，黄仙洞拥有四个世界级景观，让人不禁赞叹大自然的鬼斧神工，让游人仿佛置身于扑朔迷离的奇幻氛围。

置身于如诗如画的景色，把酒临风，也许正是因此，当年的李涉，才放下了几分思愁。

明·谢时臣 《武当霁雪图》 上海博物馆藏

金·武元直 《赤壁图》 台北故宫博物院藏

明·安正文 《黄鹤楼图》 上海博物馆藏

明·安正文 《岳阳楼图》 上海博物馆藏

元·吴镇 《洞庭渔隐图》 台北故宫博物院藏

元·夏永 《滕王阁图》 上海博物馆藏

清·弘仁 《西岩松雪图》 北京故宫博物院藏

襄阳·楚山横地出，汉水接天回

看山写山，读水写水，这似乎是古代文人最引以为豪的意境。浓浓的笔墨晕染在纸上，留下的便是一段情，一段念，一段不舍，一段唏嘘感叹。

读到唐代诗人杜审言的《登襄阳城》不禁感叹，人在失意之时，就连景色都是略带凄冷的：

> 旅客三秋至，层城四望开。
>
> 楚山横地出，汉水接天回。
>
> 冠盖非新里，章华即旧台。
>
> 习池风景异，归路满尘埃。

如果说杜审言这个人不为人们所熟知，那么他的孙子"诗圣"杜甫可谓是无人不知、无人不晓。杜审言的诗大多以五言律诗见长，朴素自然，格律严谨，被誉为唐代"近体诗"的奠基人之一。

杜审言一生并没有做过什么大官，不过都是一些隰城尉、洛阳丞一类的小官职。襄阳，便是杜审言的故乡。离乡为官，本就对故乡有着深深的眷恋，一场流放，更让他与故乡远隔千里之遥。

以杜审言的官职，其实并不至于犯下大错。错就错在，他与不该交往的人交往。

张昌宗与张易之兄弟，是太平公主推荐给武则天的男宠。两人深得武则天恩宠，曾担任司卫少卿、控鹤监内供奉、奉宸令、麟台监等官职，张易之更被封恒国公，获赐田宅玉帛无数。

在武则天的宠幸中，张昌宗与张易之兄弟二人专权跋扈、气焰熏天，不仅朝中文武百官对其十分惧怕，就连武则天的子侄都为其争执鞭辔，称张易之为五郎。

张氏兄弟把持着诸多朝政大事。有着漂亮外表的兄弟二人内心却十分歹毒，太子李显的长子和女儿、女婿私下议论他们，被张易之告到武则天处，结果李显子女和女婿被赐死。贵为太子都被张氏兄弟压逼迫害，其他人的遭遇可想而知。

神龙元年（705），年事已高的武则天病重，在迎仙宫养病。张柬之、崔玄暐等大臣趁此机会发动历史上颇为有名的"神龙革命"，迎唐中宗复辟。李显等人以张氏兄弟谋反为名，杀死了张氏兄弟二人，他们的尸体被送到天津桥南公开枭首示众。二人一生荒淫无度，极尽残忍之能事，他们死后，百姓无不拍手称快，甚至有人想要割下他们的肉来吃。

张易之兄弟的倒台，也牵连到了许多曾经与他们有交往的人，杜审言便是其中之一。杜审言与这兄弟二人虽交往不深，但还是落了一个流放峰州（今越南越池东南）的下场。这首《登襄阳城》，便是杜审言在流放峰州时，途经襄阳所作。

杜审言从来没有想过，会以一个流放人员的身份回到故乡。故乡熟悉的一草一木，在他的梦中曾经出现千百次。而今重新出现在眼前，却蒙上了一层浓郁的伤感底色。

首句"旅客三秋至，层城四望开"里所说的"三秋"，便是指九月。九月是秋天的第三个月，唐代诗人王勃也曾在《滕王阁序》中写道："时维九月，序属三秋。""层城"便是冲城，也是高城的意思。

杜审言客游他乡，不期然已经到了九月时节。一路流放，他的内心是苦闷的，被满满的愁绪填塞着。如今路过故乡，登上襄阳城的城头放眼四望，一下子觉得景象豁然开朗，仿佛心中那股憋闷了许久的苦楚，终于得到了一丝释放。

人间九月，是一个金色的时节，仿佛处处都充斥着丰收的喜悦。九月的天气，秋高气爽。烦闷的夏季刚刚过去，终于能够迎来一丝清凉。在登上襄阳城楼之前，杜审言是感受不到九月的美景的。因为被流放，他一度觉得自己的人生是灰暗的。直到此时此刻，站在高处纵目四望，他的心胸才豁然开朗。壮美的山川景物就铺陈在眼前，身为游子，没有什么比故乡的景色能令他一扫心头的愁云了。

"楚山横地出，汉水接天回。"这里所说的"楚山"，便是马鞍山，古时也被称作"望楚山"。"汉水"，是长江的一条支流，襄阳城正位于汉水的曲折之处。因此，远远望去，汉水仿佛在襄阳城这里与天相接，转了一个弯，便流回了天上。

横亘的楚山，高高地耸出地面。深广的汉水，水势浩渺，直接天庭。汉水的转折迂回，也让杜审言想到了自己曲折的人生。

虽然唏嘘感叹，杜审言的情绪还是被眼前的山川美景深深感染。绵延不断的楚山与接天的汉水，是杜审言站在城楼上欣赏到的独特的襄阳美景。

襄阳位于湖北省西北部，市内现已查明的各时期文化遗址超过200处，有些文物古迹更是堪称世界之最。这里是国家历史文化名城，更是楚文化、汉文化、三国文化的主要发源地。历朝历代，襄阳作为经济军事要地，素有"华夏第一城池""铁打的襄阳""兵家必争之地"之称。襄阳城郊，有万山、千山、岘山等景色，站在城楼上远远望去，群山连绵起伏，仿佛横地而卧。尤其是楚山，由于形如马鞍，这才得了一个别名"马鞍山"。

传说，在三国时期，东吴年轻的大将陆逊，首次领兵与蜀汉交锋的时候，因为骁勇善战，智谋超人，一举攻破了刘备的七百里边营，在猇亭夷陵之战中获得大胜。战败的刘备，退到了白帝城。陆逊本想继续率兵追赶，又担心曹操趁机派兵偷袭，遂停止追击，主动撤兵。陆逊带着将士们顺江而下，日夜兼程，来到了吴王之妹投江的石首。因为夜深不能继续赶路，陆逊在两座山峰之间选择了一处空地，扎下营来，让将士们暂时休整。

没想到，大队人马刚刚停歇，马鞍才刚刚摘下来，一群贼寇便从背后蜂拥袭来。陆逊的马因此而受惊，一下子蹿入江中。因为天黑，江流又急，陆逊只能眼睁睁看着那匹陪自己南征北战的战马被滔滔江水吞没。一怒之下，陆逊将刚摘下来的马鞍和缰绳、马鞭统统扔进江中，让它们随自己心爱的战马而去。

当陆逊率军离开这扎营之后，竟然一夜之间风雨大作、电闪雷鸣，从这块平地长出了一座浅峰。先显现出来的是类似马头的形状，之后，马身和马尾平地而起，远远望去，宛如陆逊那匹心爱的战马。这座浅峰横卧于两山之间，仿佛那化身为山的战马，远远地守望着自己的主人。

杜审言的思绪，从几百年前飘回现实。宽广浩渺的汉水，还在眼前曲折流淌。汉水是长江最大的支流，其湍急壮阔，气势恢宏，引来无数古代文人的讴歌赞叹。在描写山水之景方面，杜审言的文笔向来别具一格。他用了"出"字与"回"字，这两个字原本再平常不过，他却偏偏与"横地"与"接天"二词联系在一起，让人一读，眼前便能出现一幅水天相接、奇异而又传神的画卷。

在杜审言的诗中，就连山川都是动态的。巍然的高山与湍急的流水，呈现于天地之间，不可撼动，不可遏止。明代学者胡应麟在评价这句诗时，也曾说过"闳逸浑雄，少陵家法婉然"这样的话语。

"冠盖非新里，章华即旧台。"这里所说的"冠盖"，是指古代的地名"冠盖里"。汉宣帝时期，当时襄阳的卿士、刺史等多达数十人，冠和盖都是官宦的标志，此地因此而得名。"章华"，便是"章华台"，为春秋时代楚灵王所建。

杜审言眼中的冠盖里，早已经名不副实，不再与眼前的情形相称了。曾经"举国营之，数年乃成"的宏大建筑章华台，在当时被誉为"天下第一台"，如今也早已不见昔日的恢宏，只能称为旧日的台榭。

　　杜审言的这句感叹，是由壮阔的山川引发而来的。山川是永恒的，无论百年千年，依然横亘、流淌在原地。而人的一生，却是转瞬即逝的。冠盖里与章华台，并非杜审言此刻眼中的景象，这两地距离襄阳十分遥远，不是登上襄阳城楼就能望到的。

　　这两个地方，在杜审言心里。因为情绪发挥得恰到好处，就连"非新"与"即旧"这样的词，都不会让人觉得重复，反而觉得更加轻巧，句意更加流转回环，更加强了感慨的沉重。

　　荣华富贵，向来都是虚无缥缈的东西。此时此刻，杜审言不禁感叹，所谓的富贵荣华，不过就是身外的浮云而已。

　　"习池风景异，归路满尘埃。"杜审言看似在用这一句写景，其实是在抒情，也是对整首诗做一句小结。诗中的"习池"，乃是襄阳名胜习家池。襄阳是个风物荟萃的地方，杜审言却偏偏以风景寥落的习池作为结尾。当年的习池，不仅山清水秀，而且遍布华丽的亭台楼宇。东汉侍中习郁曾在岘山南依照范蠡养鱼法做养鱼池，池边筑堤引入白马泉的水，池中栽满荷花，池边列植松竹，后人称之为"习家池"。

　　这并不是杜审言第一次来到习池，只不过，习池的风景，已经与当年不同了。曾经的清幽之美，已经荡然无存。归路上，杜审言所见的，只有来参观的游人们带来的满目尘埃。

　　习郁后裔习凿齿曾在此临池读书，登亭著史。习凿齿是东晋著名的文学家和史学家，著有《汉晋春秋》这一千古名作。

因为习池风景奇异，自古常有骚人墨客来此咏诗作赋，后人也将这里当作瞻仰游玩之地。杜审言途经习池的这一日，游人也异常多。不过，杜审言却并没有直言游人众多，而是用"满尘埃"这一词，来形容车水马龙带来的尘雾弥漫。

一个"归"字，点名了时间。此时夕阳西下，也该到了"归"的时候了。人们都踏上归程，清秋的黄昏，人倦而归，那场景，何等令人怅惘。杜审言一个人在襄阳城楼茕茕孑立，思归之情溢于言表。

襄阳城记录了杜审言的思愁，也承载过一段历史兴衰。襄阳城三面环水，一面靠山，呈易守难攻之势，古时为历代兵家必争之地。襄阳城始建于西汉高帝六年（前201），城址大约在如今的襄阳古城西北汉水边。三国时期，刘表迁荆州治于襄阳前后，在城东另筑新城，便是如今现存的规模。

襄阳城的旧城，在当年作为军垒使用，直到唐代才废弃，如今已经大半淹没于汉水之中。宋代时期，襄阳城由原本的土城改为砖城，原本可以直进直出的城门，也被改为屯兵式的瓮城门。明代洪武年间，对襄阳古城进行了维修，当时汉水南岸北移，为使北城与汉水紧连，加强城东北角的防御能力，便将古城向东北进行扩展。襄阳城被历代兵家所看重，是中国历史上最著名的古城建筑防御体系之一，也是中国最完整的一座古代城池防御建筑。

襄阳城外的护城河，被称为"华夏第一城池"，是中国最宽的人工护城河。河面宽阔，平静如镜，如同一条绿色的巨龙环护着古城，令襄阳城更加易守难攻。如今的襄阳城作为全国保存最完整的十大古城之一，与仲宣楼、鼓楼、襄阳护城河等历史名胜融为一体，交相辉映，为中华腹地山水名城。

位于襄阳城以西15公里处，是三国时期著名政治家、军事家诸葛亮隐居的地方——古隆中。脍炙人口的"三顾茅庐""隆中对"等典故就出自这里。

据《舆地志》记载："隆中者，空中也。行其上空空然有声。"因此得名。罗贯中曾经在《三国演义》中这样描述古隆中："山不高而秀雅；水不深而澄清；地不广而平坦；林不大而茂盛；鹤相亲，松篁交翠。"

古隆中是襄阳市最著名的旅游景点之一，是一个以诸葛亮故居为主体的风景名胜区。直到今日，这里还保留了诸葛亮学习、交友、生活的许多遗迹，如隆中十景：草庐亭、躬耕田、三顾堂、小虹桥、六角井、武侯祠、半月溪、老龙洞、梁父岩、抱膝石，是一个自然景色优美、人文景观丰富的游览胜地。

不管是杜审言，还是诸葛亮、刘备，都曾在这座城中留下了一段精彩过往。也让襄阳城，更添了一份磅礴和厚重。

黄鹤楼·烟波江上使人愁

繁华的岁月，万事万物皆是人间的点缀。每一首唐诗，都是诗人人生旅程的一段缩影。他们大多看过繁华，却依然能以简单明朗的情怀，品味复杂的人生。

崔颢的《黄鹤楼》，是一首吊古怀乡之作。它无关物质，只有情怀。读来虽不算协调，但却分明感受得出，崔颢在登临黄鹤楼时，被远处的美好景色深深震撼，因此信笔写来，一蹴而就：

> 昔人已乘黄鹤去，此地空余黄鹤楼。
>
> 黄鹤一去不复返，白云千载空悠悠。
>
> 晴川历历汉阳树，芳草萋萋鹦鹉洲。
>
> 日暮乡关何处是？烟波江上使人愁。

崔颢是唐代开元年间进士，官至太仆寺丞，天宝中为司勋员外郎。与许多名垂青史的唐代诗人一样，崔颢也是一名生性耿直之人。因为不愿在宦海中随波逐流，因此在官场中沉浮多年，终不得志。

不得志的仕途，没能埋没他无边的才情。崔颢的诗，大多激昂豪放，气势宏伟。因此，在崔颢生活的那个年代，他的诗名就已经很大。只可惜，与崔颢有关的事迹，流传下来的实在太少，就连他的诗，也大多埋没在历史的烟尘当中，如今仅剩下四十几首流传在世间。

传说当年，"诗仙"李白最喜欢游山玩水，每到一处名胜古迹，都会题上自己的诗作。这日，李白与朋友同游黄鹤楼，登楼的一刹那，他们顿时被楼上楼下的美景所折服，引得李白诗兴大发，准备题诗留念。

就在李白提笔准备写诗的时候，忽然抬头看见崔颢所题的这首《黄鹤楼》，不禁惊叹，此诗的艺术造诣简直堪称出神入化。在李白看来，崔颢的《黄鹤楼》，可以看成黄鹤楼的绝唱。

世人皆知李白狂放，能让他因谦虚而搁笔的，纵观古今，似乎唯有崔颢一人。因为这段佳话，崔颢的这首《黄鹤楼》，也被誉为"唐人七律第一"。

据说，在评价崔颢的这首黄鹤楼时，李白一连用了两个"绝妙"来形容。后来，李白还曾写下四句打油诗，来抒发自己的情怀："一拳捶碎黄鹤楼，一脚踢翻鹦鹉洲，眼前有景道不得，崔颢题诗在上头。"

有个叫丁十八的少年看到李白的这首打油诗，还讥笑李白："黄鹤楼依然无恙，你是捶不碎了的。"李白还玩笑着与他辩解："我确实捶碎了，只因黄鹤仙人上天对玉帝哭诉，才又重修黄鹤楼，让黄鹤仙人重归楼上。"

玩笑归玩笑，李白对崔颢这首《黄鹤楼》的欣赏，实在是溢于言表。后来，李白还曾仿照《黄鹤楼》，写下一首

《登金陵凤凰台》：

> 凤凰台上凤凰游，凤去台空江自流。
> 吴宫花草埋幽径，晋代衣冠成古丘。
> 三山半落青天外，二水中分白鹭洲。
> 总为浮云能蔽日，长安不见使人愁。

再回看崔颢的《黄鹤楼》，如果逐字逐句地进行品味，便会知道李白为何会对这首诗如此推崇。

"昔人已乘黄鹤去，此地空余黄鹤楼。"黄鹤楼素有"天下江山第一楼""天下绝景"之美誉。黄鹤楼的始建时间，可以追溯到三国时期吴大帝黄武二年（223）。当时，东吴在夺回荆州之后，为了迎战蜀汉便兴修了一座高楼，这就是最早的黄鹤楼。

从建立之初，黄鹤楼就成为天下名楼。黄鹤楼的旧址，就位于湖北武昌黄鹤矶上，能够俯瞰大江，眺望彼岸的龟山。然而，由于古代的战火频繁，黄鹤楼也遭受着屡建屡毁的命运。最后一次毁于光绪年间，毁灭之严重，只留下一个铜铸楼顶。1957年建武汉长江大桥武昌段时，占用了黄鹤楼旧址，后来选址重建，后移到更高一些的蛇山上，将武汉的景色尽收眼底。

1985年新落成的黄鹤楼比旧楼更加壮观、雄伟，楼梯共五层，总高度51.4米，内部由72根圆柱支撑，外部有60个翘脚向外伸展。屋面覆盖着黄色琉璃瓦，琉璃瓦的总数有10万块之多。在黄鹤楼外部，有铜铸的黄鹤雕像，以及宝塔、牌坊、轩廊、亭阁等辅助建筑。在主楼周围，还有白云阁等建筑。楼层内外绘有以仙鹤为主体，以云纹、花草、龙凤为陪衬的图案。整个楼宇凸显出浓郁的民族风格与中国传统文化的精气神。

这句诗的含义，是说古时的仙人，早已乘着黄鹤飞走，只留下一座空荡荡的黄鹤楼，依然矗立在原地。其实，离去的又何止是仙人，当年建造黄鹤楼的人，也都已驾鹤西去，成为先人。

除了描写仙人的传说，崔颢还在诗中描绘了黄鹤楼的近景。透过文字便可看出，黄鹤楼枕山临江，有峥嵘缥缈之势。

"黄鹤一去不复返，白云千载空悠悠。""悠悠"，其实是白云在空中飘荡的样子。离开的黄鹤与仙人，再也没有返回这里。转眼千年已逝，只有天空中的白云，兀自悠悠飘荡。

这两句诗，描写出一种空灵的美学意境，这也是为什么《黄鹤楼》能够成为千古传诵的名篇佳作。崔颢在诗中将虚实结合，令眼前的景致与仙人传说完美地交融。黄鹤楼所在的黄鹤山，又名蛇山。关于黄鹤楼的得名，古代有两个传说，一说是仙人王子安曾乘鹤飞经此地；一说是三国时期蜀汉的费祎登仙，也曾驾鹤于此。这些传说来自民间，蕴含着深厚而丰富的仙道文化、民间智慧、文人流韵等传统文化内涵。

借由两个传说，崔颢吟出了诗的开篇，从而引人产生无限遐想。其实，这世间本没有仙人，仙人乘鹤，也是子虚乌有的事情。崔颢是在借鹤去楼空，一去不返，感叹岁月不再、物是人非、古人不见之遗憾。

仙人离去，黄鹤楼从此空空荡荡，唯有天上的白云与它做伴，一等就是千载。这更给人一种世事苍茫之感，似乎每一个登上黄鹤楼的诗人，都会产生这样的感受。却唯有崔颢，能够留下如此情感真挚、气概非凡的诗篇。

除了借此句来抒情，其实也为读者展现了黄鹤楼的远景。站在黄鹤楼上，白云如此接近，仿佛触手可及，可见黄鹤楼高高地耸入天际，白云在楼畔缭绕。

"晴川历历汉阳树，芳草萋萋鹦鹉洲。"登临黄鹤楼，不仅可以欣赏到阳光照耀下的汉水江面，而且连北岸汉阳的碧树也能看得清清楚楚，顺着江水往上看去，那鹦鹉洲上长势茂盛的芳草历历在目。"鹦鹉洲"是长江中的小岛名，原在今武昌市西南、汉阳市东南的长江中流，因东汉末年的祢衡曾在此处写过《鹦鹉赋》而得名，祢衡被黄祖杀害后也葬于此地。到明代时此洲被江水冲刷，没于水下。再后来在汉阳一侧的水边又形成一洲，人们又称之为鹦鹉洲，与原来的鹦鹉洲不是一地。

这一句，是崔颢站在黄鹤楼上远眺看到的景色。他让自己的目光纵情驰骋，直接勾勒出一幅黄鹤楼外江上明朗的日景。

"日暮乡关何处是？烟波江上使人愁。"天色渐渐暗去，崔颢站在黄鹤楼上，想要寻找自己的家乡所在的方向。楼下的江面，呈现一派暮霭沉沉之景，不知为何，引来了崔颢的一阵烦闷和惆怅之感。殊不知，这就是乡愁。

此时天色已近黄昏，黄鹤楼下的江面上，也开始呈现出朦胧的晚景。这一句是整首诗的收尾，也是整幅黄鹤楼美景画卷的落墨之处。虽然诗篇的结尾令人心生伤感，但却丝毫不影响全诗的气势。崔颢用简短的文字，描绘了一幅气象恢宏的画卷，诗与画相得益彰，能让人透过文字，就欣赏到山水之景的画面，这才堪称山水写景诗的最高境界。

读者随着崔颢的诗句可以欣赏到黄鹤楼的近景、远景、日景、晚景，感受到黄鹤楼景致的奇妙变化和磅礴气势。仙人的传说，映衬着蓝天白云、晴川沙洲、绿树芳草、落日暮江等黄鹤楼的美景。每一处细节，都有鲜明的形象、缤纷的色彩。崔颢心中的诗情画意在美景中充分地流露出来。

纵观整首诗的前四句，既有一气呵成之感，又像是有感而发，脱口而出。在全诗中，"黄鹤"二字不止出现一次，按照常理，在同一首诗中反复出现同一个词语，会给人重复之感。但在《黄鹤楼中》，"黄鹤"二字的每一次出现，都是对后面内容的一次烘托，更显诗句的气势。读者在读这首诗时，会因为每一句的内容，而迫切地想要读到下面的内容，"黄鹤"二字的重复出现又显得那样顺理成章。这就足以证明，这两个字的每一次出现，都是恰到好处。

这首《黄鹤楼》，采用的是古体诗的句法。并非因为当时还没有成型的七律诗，而是因为崔颢被黄鹤楼的美景所感动，特意抛弃了所谓的文法和韵律，只用最直观的文字来表达内心最真实的感受。

崔颢用前半首诗，描写了自己在黄鹤楼中的所见所感。之后，又用后半首诗，描写了这些所见所感引起自己的乡愁。他将自己的情绪在前半首诗中尽情释放，最后又用乡愁完美地将情绪收了回来。

可见，在写诗时，崔颢可以做到纵情收放自如，又因为收与放相得益彰，才让这首诗保持了七言律诗的规格。整首诗的起、承、转、合也极有章法。正是因为崔颢对这些词组、文法的极致运用，才让这首《黄鹤楼》在艺术上出神入化，成为备受世人推崇的黄鹤楼绝唱。

如今，经历种种沧桑的黄鹤楼以它独特的魅力屹立于蛇山之巅，濒临万里长江，吸引万千游客的参观和游览。

登临黄鹤楼，面对这壮丽的美景，可以想象当时古代的那些文人墨客到此一游时被震慑的情景，所以有感而发，创作出有关黄鹤楼的众多文学作品，成为千古绝唱，使黄鹤楼自古以来闻名遐迩。

第二章

锦绣蜀色

成都·映阶碧草自春色

都说古人风雅，却偏偏有这样一些古人，藏不住忧愁。他们的忧愁，来自忧国忧民，也曾试图用尽毕生精力，与世间的黑暗与不公抗争。然而，当意识到自己的力量在朝廷黑暗的统治之下是如此薄弱，他们心生对朝廷的绝望，索性将自己投入了洁净的山水之中。

唐代诗人杜甫，便是有着"致君尧舜上，再使风俗淳"这般宏伟抱负的诗人。他在世时，声名并不算显赫，但后来他的诗作却声名远播。他的诗，几乎句句直击现实，字里行间透射出对黑暗现实的抨击。现实主义的杜甫和浪漫主义的李白，成为一生的挚友。他们两人的诗作都对中国古典诗歌产生了深远的影响，后人称李白为"诗仙"，称杜甫为"诗圣"，二人并称为"李杜"。

杜甫的一生并不怎么顺利，大部分时间都在颠沛流离中度过，因为正好赶上了唐朝的安史之乱时期，社会动荡，他的诗也多数反映当时社会现实、民间疾苦。纵观他的一生，共经历了四个阶段，第一阶段是他34岁之前读书游历的时期，第二阶段是他35至44岁之间，困守长安时期，第三阶段是他45至48岁之间，正陷安史叛军中为官时期，第四阶段是他49岁直至生命的终结，在西南漂泊时期。

在人生的最后阶段，也就是在成都生活的四年是杜甫一生中难得的安定时期，同时也是杜甫诗歌高产的时期。在这一时期，杜甫的作品中抒情诗特别多，而且是多种多样的，有描写景物的，有描写劳动生活的，有回忆往事的，有咏怀古迹的，也有大声疾呼的，更有政治讽刺诗。

想要读懂杜甫那时的心境，便要读这首经典之作《蜀相》：

> 丞相祠堂何处寻？锦官城外柏森森。
> 映阶碧草自春色，隔叶黄鹂空好音。
> 三顾频烦天下计，两朝开济老臣心。
> 出师未捷身先死，长使英雄泪满襟。

这首诗是杜甫在唐肃宗上元元年（760）春天所作。就在前一年，也就是乾元二年（759）的夏天，华州以及关中遭逢大旱。杜甫为此写下《夏日叹》和《夏夜叹》等诗，表达出自己对乱世的忧伤，感叹国难当前，百姓又要遭受疾苦，再加上污浊的时政，杜甫更加痛心疾首。于是，在那一年的秋天，他放弃了华州司功参军的职务，西去秦州。

之后，几经辗转，杜甫来到了成都。在友人的帮助下，他在城西浣花溪畔建成了一座草堂，便是后人所称的"杜甫草堂"，也叫作"浣花草堂"。从此，成都便成了杜甫的第二故乡。

这首《蜀相》，是杜甫刚刚定居成都草堂后，翌年

（760）春天，游览武侯祠时创作的一首咏史怀古诗。

题名"蜀相"，便是指诸葛亮。蜀汉章武元年（221），刘备称帝，以追随其大半生的诸葛亮为丞相，故称为"蜀相"。在创作这首诗时，他联想到了当时还没有平息的安史之乱，大唐王朝正处于危难之中，天下生灵涂炭，杜甫自己也是仕途坎坷，空有一身抱负无处施展。于是，对于当年帮助刘备开创基业、挽救时局的诸葛亮，更是心生无限敬重与羡慕。

首句"丞相祠堂何处寻？锦官城外柏森森"里所说的"丞相祠堂"，便是诸葛武侯祠，位于如今成都市武侯区，为晋代李雄初建。这是杜甫在一开篇就表明武侯祠所在的位置。他没有直接指出武侯祠的地点，而是以问答起句，更加突出了感情的起伏不平。

在说武侯祠时，杜甫用了"丞相祠堂"一词，更加显得亲切，也表达出他对诸葛亮的崇敬之情。后面一句"何处寻"，其实并非是真的不知道去何处寻找，只是为了加强这一句的气势。其实，鼎鼎大名的武侯祠，在成都地区根本不用去刻意寻找，无人不知武侯祠的所在。之所以用"寻"字，是因为杜甫对诸葛亮有着仰慕和追随之情。

一句问句之后，杜甫自己又给出了解答。武侯祠就位于锦官城（即成都）外，这里遍生高大茂密的柏树，成荫的柏树更为武侯祠增添出一派庄严肃穆的气氛。

高大挺拔的柏树，总让人联想到正直之人。诸葛亮便是柏树一般的人物。柏树生命长久，常年不凋谢，它们静静地守护着武侯祠，以伟岸与苍劲，来衬托诸葛亮一生的正直与质朴，更加让人对诸葛亮的为人与功绩肃然起敬。

"映阶碧草自春色，隔叶黄鹂空好音。"这是武侯祠之内的景色。来到武侯祠，杜甫是想要对诸葛亮的塑像与功绩进行一番瞻仰，并非只是贪恋武侯祠内的美景。

茵茵的春草，一直铺展到石阶之下，映出一派春意盎然的景象。春天是万物生发的季节，也是一年的开始，满眼的新绿，仿佛让杜甫在晦暗的情绪里看到了一丝希望。然而，一个"自"字，又暴露了他的心境。碧草映阶，不过自为春色，心中被浓翳笼罩的人，又哪里有心思好好欣赏？

几只黄鹂在柏树林叶之间穿行，发出婉转清脆的叫声。鸟儿不知人间的愁苦，它们总是在欢乐地吟唱。杜甫也希望自己能被黄鹂的欢乐感染，重新开始一段饱含希望的生活。不过，一个"空"字，却在说黄鹂是在空作好音，他并没有太多的心思去赏玩与倾听。更不知早已作古的诸葛亮，是否能听到这些黄鹂在无忧无虑地吟唱。

绿油油的春草与黄鹂美妙的歌声，本应是一派色彩鲜明、动静相宜的自然美景。成都是著名的安逸之地，生活在这里，应该时刻感受到这座城市的恬淡自然。更何况，如此春意盎然的景象，总是能让人一扫阴霾，重新点燃对生命的希望。

可是，现实大唐王朝，却偏偏处于一个希望渺茫的时刻。这让杜甫如何能不惆怅？他不由自主地将自己的情绪融入到景色当中，用明媚的春景，衬托出自己心底的忧伤。

诸葛亮也是一名忧国忧民的丞相，杜甫心中的情怀与诸葛亮一致。可惜二人没能生在同一个朝代，不能互诉衷肠、惺惺相惜，所以杜甫只能望着诸葛亮的塑像，与他进行穿越时空的心灵沟通。

"三顾频烦天下计，两朝开济老臣心。"三顾茅庐的故事世人皆知，当年诸葛亮隐居于隆中（在今湖北襄阳），刘备为了统一天下，三次去拜访诸葛亮，请求他出山相助。诸葛亮慷慨应允，雄才大略的他制定了"天下计"，即以荆州、益州为基地，整饬内政，东联孙权，北抗曹操，而后统一天下的策略。这足以见得，诸葛亮不仅有谋略，更是一名心怀正义之人，是不世出的英才。"频烦"，是指多次叨扰，这是因为刘备欣赏诸葛亮的才华，更是杜甫在赞美诸葛亮不出茅庐便知天下事的天才预见。

"两朝开济"，同样是在赞美诸葛亮的功勋。他曾经辅佐刘备开创帝业，刘备死后，作为两朝元老的诸葛亮又辅佐刘备的儿子刘禅。即便刘备离世，诸葛亮也没有凭借自己的谋略与人气自立门户，而是依然尽心尽力地辅佐不成器的刘禅，足见他对蜀汉的一片忠诚和呕心沥血。

三国时期，战乱频发。那是一段动荡的历史，就是在这样一个历史环境之下，诞生了诸葛亮这样一位忠君爱国、济世扶危的一代名相。杜甫再看看他自己所生活的年代，依然不能称之为太平盛世。安史之乱令国家分崩离析，百姓流离失所，根本谈不上安居乐业。

这一切都令杜甫忧心。他多么希望如今也能出现一位像诸葛亮那样的忠臣贤相，帮助大唐王朝扭转乾坤，再一次开创大唐盛世。杜甫自己做不到，便只能寄托到诸葛亮的身上，可惜，这美好的愿景，也只能成为奢望。

这两句高度概括了诸葛亮的丰功伟绩和人格魅力，杜甫对其的仰望和钦佩也不言而喻了。

"出师未捷身先死，长使英雄泪满襟。"可惜的是，蜀汉大军出师还没有取得最后的胜利，诸葛亮却病死军中。古今英雄，无不为诸葛亮当年的遗憾而泪湿衣襟。

为了统一天下，诸葛亮曾经多次出师伐魏，却一直没能取胜。直到蜀汉建兴十二年（234），诸葛亮出师伐魏，屯兵于武功五丈原（今陕西省宝鸡市岐山县城南），与司马懿隔着渭水相持达百余日，最后病死于军中。功业未成，壮志未酬，诸葛亮的一生是辉煌的，结局却是悲壮的。杜甫在借这首诗，为诸葛亮吟唱一曲生命的赞歌。诸葛亮的一生，绝对堪称"鞠躬尽瘁，死而后已"的忠臣贤相。

短短一首诗，杜甫用以实写虚的手法，将自己的情怀融入其中。既有叙述，也有议论，整首诗的层次结构波澜起伏，极具语言魅力，让人吟罢，深感杜甫诗篇的沉郁顿挫，余味不绝。

杜甫对诸葛亮感到仰慕，也对他"出师未捷身先死"的遗憾表示惋惜。他从对武侯祠内景色描述，到不知不觉转入缅怀先贤的沉郁，再到顿挫豪迈的直抒胸襟，读来却毫不突兀，更能让人感受到诸葛亮的悲壮，以及杜甫内心所隐藏的巨大力量。

"沉郁顿挫"，便是杜甫中年以后的写诗风格。因为他的诗中饱含忧国忧民的字句，因此杜甫的诗也被称为"诗史"。他生活在唐朝由盛转衰的年代，经历了政治的黑暗、历史的动荡、人民的疾苦。杜甫的诗，就成了百姓疾苦生活的代表，他一生把诗篇当作武器，与腐败的朝廷做斗争，这些慷慨激昂的文字，如今读来，依然让人能够感受到杜甫的忧国忧民和郁郁不得志之情。

这些过去的老故事，以历史的形式雕刻在这座城市里，令无数的人来到蜀地，观摩朝拜。

杜甫在成都的故居也便成了人们缅怀杜甫的必经之地。杜甫在此先后居住了近四年时间，在此期间创作了200多首诗。765年，杜甫离开成都，前往荆、湘等地，而草堂也就不复存在了。唐末诗人韦庄寻得草堂遗址，重建茅屋，这才令杜甫草堂得以保存。宋代、元代、明代、清代又分别对杜甫草堂进行了修葺和扩建，这才形成了如今的规模。

如今所见的杜甫草堂，依然完整保留着明代的建筑格局，占地面积近300亩，堪称中国文学史上的一块圣地，同时，也是国内规模最大、知名度最高的杜甫行踪遗迹地。

走进杜甫草堂，让人不自觉地恬淡静谧下来，园内流水萦回，小桥勾连，竹树掩映，显得庄严肃穆。工部祠东侧的"少陵草堂"碑亭是杜甫草堂的标志性景点和成都的著名景观。

现如今的武侯祠是中国唯一一座君臣合祀的祠庙，也是诸葛亮、刘备等蜀汉英雄的纪念地，更是全世界影响最大的三国遗迹博物馆。

历史中的烽烟往事铸就了这座城市的古老和神秘。而成都也因为风景优美、生活安逸，多年来，一直享受着"天府之国"的美称。一千多年前，就连威尼斯旅行家马可·波罗都赞叹这是一座"锦绣之城"。

美食、美景、美人，是成都的特色。城市中的每一个角落，都流淌着悠闲、乐观、宁静、繁华、洒脱的独特音符。有人说，成都是"一座来了就不想走的城市"，的确，当每一个旅客在即将离开成都的时候，都会发现自己对这里竟然如此不舍。因为这里的诗不是在远方，而是在脚下。

峨眉山·影入平羌江水流

思念之情，可以穿越千山万水。尤其是对故乡的思念，哪怕是最洒脱不羁之人，也无法割舍。

一生走遍万水千山的"诗仙"李白，狂放不羁。斗酒诗百篇的他，被贺知章美赞为"谪仙人"。即使头顶着"仙人"的美名，李白也终究不能忘记那片生养他的故土。

每个人的心中对于月亮都有一份独特的感情。自古以来，文人骚客借用月亮来吟咏的诗作数不胜数，而且千百年来，流传甚广。李白的诗中，不止一次出现过描写月亮的字句。"举头望明月，低头思故乡"，是《静夜思》中的千古名句，也是李白在借由月光来表达思乡之情。其实，下面的这首《峨眉山月歌》，是他年轻时离开故乡蜀地时所作，也是借由月亮来抒发他依恋家乡山水的经典之作：

峨眉山月半轮秋，
影入平羌江水流。
夜发清溪向三峡，
思君不见下渝州。

这首诗大约作于开元十三年（725），那时胸怀"四方之志"的李白"仗剑去国，辞亲远游"。这次离去，他不知道自己何时才能再回到故乡。看着家乡壮阔的山川美景，李白心生感慨，便写下了这一首《峨眉山月歌》。

从15岁开始，李白就已经练得一身的好剑术。18岁那年，去往戴天大匡山隐居，开始了逍遥山水的生活。隐居的日子，李白足足过了七年。25岁那年，他收拾好行囊，告别家中亲友，一人一剑，离开了故乡蜀中。

年轻的李白，意气风发。他不愿辜负大好韶华，誓要奔赴一段美好的前程。他的身体里流着一腔热血，长安就是李白认为能让他梦想成真的地方。

在步入仕途之前，李白又度过了一段蛰伏的生活。幸运的他，赶上了一段大唐王朝的开明盛世，朝廷对于贤能之士的渴求，让李白看到了希望。在隐居的岁月里，他每天都登山练剑，陶冶情操，读过的书何止百卷，书中的情操与道理，更让他一腔豪情越发澎湃。

年轻，便是当年的李白最大的资本。自从离开故乡开始，李白漫游山水的脚步就从未停歇。向东，他去过大海；向北，他去过幽州、雁门关；向西南，他去过夜郎；向南，他到过苍梧、九嶷山；向西，他去过长江、黄河、五岳黄山，乃至无数名山大川。

漫游人生的一路上，李白的足迹几乎已经遍天下。他的旅程是丰富多彩的，对于名山大川，他似乎情有独钟。

他的一生，爬过无数座山，最让他念念不忘的，还是故乡的峨眉山。峨眉山位于四川西南部，有两座山峰相对，望之如蛾眉，因此而得名。峨眉山素以"雄、秀、神、奇、灵"以及深厚的佛教文化所著称。峨眉山其实是四座山的总称，分别为"大峨""二峨""三峨""四峨"。不过，世人常说的峨眉山，主要是指大峨山。

大峨山的最高峰万佛顶海拔3099米，山下的平原地区海拔仅400余米，高峰与平原之间的落差，超过2600米，远远超过五岳和黄山等国内旅游名山。

"峨眉山月半轮秋，影入平羌江水流。"开篇第一句，直入主题。对于蜀人李白来说，这峨眉山的月分明就是故乡的月。"半轮秋"，指的是秋夜的上弦月，形状看上去像半个车轮。一个"影"字，说的便是月光的影子。"平羌"，指的是青衣江，它是大渡河的支流，位于峨眉山的东北侧。

高峻的峨眉山前，悬挂着半轮秋月。平羌江水没有一刻停止流动，江面上还倒映着月亮美丽的身影。这是何等美妙的景色，足以见得，此刻的李白，心情是无比美好。

自从离开故乡蜀中，不知不觉已经走到了秋季。秋天是美丽的季节，尤其是山中，姹紫嫣红尚在，树叶又不再是单一的绿色。这是一幅丹青都无法勾勒出的美妙画卷，李白却轻而易举地将美景容纳到简短的诗句当中。

秋高气爽，月色清明。在李白看来，秋天的月色也是十分美好的。他将一个"秋"与"月"信手拈来，仿佛这美景生来就在他的心中。

中国人常说，说话做事都不要太满，月亮也是如此。如果太圆，反而感受不到月半的美感。青山吐月，这便是李白当时眼前的美景，何等曼妙，何等优美。

青衣江水就在他的脚下潺潺流淌，从四川芦山县一直流淌至乐山，汇入岷江。一"入"和一"流"，让人的眼前浮现出月影映入江水，又随江水流去的画面。

按照常理，无论江水怎样流动，月亮在水面的倒影都是不会动的。但是，如果欣赏月影的人也在行走，眼前的月影就仿佛随着江水流动一般了。足以证明，李白当时正在乘船，随着水流顺流而下，这才有幸欣赏到"影入江水流"的美妙。

李白是个天生风雅之人，任何美景他都不愿错过。也只有像他这样的人，才知道不同的景色，应该用不同的方式欣赏。秋夜行船，只为欣赏月影，多么空灵美妙的意境。

"夜发清溪向三峡，思君不见下渝州。"这里所说的"清溪"，便是峨眉山附近的清溪驿。诗中所说的"三峡"，并不是指我们如今的三峡，而是四川省乐山市的嘉州小三峡，分别为犁头峡、背峨峡、平羌峡。清溪就位于犁头峡的上游。"君"字，指代的是峨眉山的月亮。李白顺着青衣江而下，下一站的目的地，就是渝州。渝州是唐代的一个州名，也就是如今的重庆市。

夜间离开清溪直奔三峡，美丽的月色让李白恋恋不舍。不过，他前行的脚步却不能为月影而停住，依然还要一刻不停地赶赴心中的目的地。

这是整首诗中第一次有人出现，那个人，就是李白自己。他正在连夜赶路，朝着离故乡越来越远的方向前行。一想到即将远离故土，李白有些恋恋不舍。此时此刻，他眼中的月亮，似乎也变成了家乡的月亮，也仿佛是一位故人。

想到此处，李白不禁将月亮也比作人，用"君"字来对月亮进行称呼。他觉得，一旦到达渝州，就见不到家乡的月了，因此，更加流露出依依惜别之情。诗句虽短，情感却深厚绵长。

　　这首七言绝句，在短短的四句诗中，却出现了五个地名，分别为峨眉山、平羌江、清溪、三峡、渝州。诗篇虽短，但结构紧凑、脉络清晰，向世人展现李白离开蜀中之后，是走的哪条路线去往京城。

　　不过，李白只在诗中描写了峨眉山的景色，对于其他地方并没有详尽地描写。"峨眉山月"，是贯穿整首诗的元素，是这倒映在江面上的月影，引出了李白接下来的行程。

　　乘坐着小船顺江而下的李白，有些羡慕峨眉山，能夜夜与这美丽的月色相伴。挂在天上的月亮，是李白永远可望而不可即的，他觉得，当自己离开这片山水，定会在某个不经意的时刻思念起今晚的月色，也会思念自己的故乡。

　　借助思念月亮，李白也在思念自己的友人。他记得，自己在许多个月色美好的日子里，与好友们把酒赏月，吟诵诗词。每当饮下美酒，都是李白诗兴大发的时候。诗圣杜甫也曾在《饮中八仙歌》中写下"李白斗酒诗百篇，长安市上酒家眠。天子呼来不上船，自称臣是酒中仙"这样的千古名句，既刻画出李白的"酒仙"形象，也让世人眼中的李白，保留着洒脱不羁、不惧天子的豪爽个性。

　　这首诗的风格，与李白的洒脱个性相得益彰。在诗中，他依然能够驰骋自由，不受任何局限。一首绝句，同时出现五个地名，在唐代流传下来的数万首诗篇中也是绝无仅有的。李白在诗中既描绘出峨眉山月影的优美，也渗透进了自己的思乡之情，可以说，他通过这首诗，既穿越了时间，也穿越了空间，又将广阔的空间和较长的时间进行了完美的统一。因此，《峨眉山月歌》也成了李白的一首脍炙人口的名篇。

李白的诗篇中，绝句的数量颇多，首首都有自然明快、飘逸潇洒之感。也许只有"诗仙"李白，能够以如此简洁明快的语言，表达出自己的无尽情思。唐代的著名诗人当中，也唯有李白一人，能同时将五言绝句与七言绝句创作到同臻极境的境界。

现今留存下来的李白的作品，有许多都是在讴歌祖国的山河美景与自然风光，每一首诗，都流露着李白特有的雄奇奔放，又处处彰显出他天生的浪漫气质。可以说，李白的诗，是真正的文字艺术。

杜甫曾在《寄李太白二十韵》中这样评价李白的诗："笔落惊风雨，诗成泣鬼神。"这是杜甫在赞叹李白诗篇的艺术魅力。李白的个性，或多或少是有些自我的因素在的，这也让他的诗充满了浓厚的主观抒情色彩，尤其是他将想象、夸张、比喻、拟人等手法综合运用，让他的诗篇产生了一种瑰丽动人的意境，又让人从中感受到李白飘逸如仙的洒脱气质。

诗仙泼墨，浸染了山光水色，千百年后，留给旅人一片动人的诗意和无限的向往。

匡廬山前三峽橋懸流瀺灂撼
魚龍眺巋野孤策不肻度
古木慘淡風蕭蕭　唐寅子畏

明·唐寅　《匡廬圖》　安徽博物院藏

明·沈周 《两江名胜图》 上海博物馆藏

明·沈周 《两江名胜图》 上海博物馆藏

明·沈周　《庐山高图》　台北故宫博物院藏

南宋·夏圭　《西湖柳艇图》　台北故宫博物院藏

清·袁江 《观潮图》 北京故宫博物院藏

西湖三面環山中涵綠水松排青嶂
弄□煙峰汎舟湖中迴環遍視水光山色
繞黃子孚柳岸花江泰姜荷瞭已
而苹衡茸霜月即波心畫船徐寧
菱歌瑤度進人綠玉圃中山水光
漱溅脩方將山色空濛兩上每若扎
兩湖比由子溪孤濾挾七相宣西湖卷
最賓處常朝燇燒撓舍宛西芬
葦渡堤烏湖況脒銘天見凍身怪念
人斅会陵桃源

清·王翬　《柳岸江洲圖》　天津藝術博物館藏

宋·夏圭 《钱塘秋潮图》 苏州市博物馆藏

第三章

山水湘韵

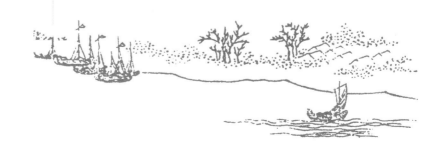

岳阳楼·春岸绿时连梦泽

　　置身于山水的怀抱中，感受大自然散发出来的悠悠情愫。在春光里相逢，在花红柳绿间驻足，也是一种情缘使然。

　　旖旎的山水，让人体悟到平凡的生活才是真正的美好。尤其是经历过大起大落之人，当终于品味到久违的平凡，淡淡的哀伤之中，也会酝酿出一份对生命的感恩。

　　白居易的《题岳阳楼》，便能给人一种从逆境走入新生之感。当时的白居易，刚刚结束了长达四年的贬谪生涯，到忠州赴任时，途经岳阳楼，被那里的烟波浩渺与无边春景所感染，既感怀新生的美好，同时回忆起曾经的贬谪生涯，又心生一股淡淡的忧伤：

　　　　岳阳城下水漫漫，独上危楼凭曲阑。

　　　　春岸绿时连梦泽，夕波红处近长安。

　　　　猿攀树立啼何苦，雁点湖飞渡亦难。

　　　　此地唯堪画图障，华堂张与贵人看。

　　这首诗创作于唐宪宗元和十四年（819）春天，当时的白居易已经48岁，他刚刚结束四年被贬谪为江州司马的生涯，正在前往忠州担任刺史的途中。一路上，他乘船沿着长江逆流而上，途经岳州，才有机会饱览岳阳楼的山水美景。

白居易的仕途，足可以用坎坷来形容。白居易天生聪颖过人，自身也勤奋刻苦，年纪轻轻，就白了头。806年，白居易在四月试才识兼茂明于体用科，及第，授盩厔县（今西安周至县）尉。第二年，又担任进士考官、集贤校理，授翰林学士。又过了一年，白居易担任左拾遗。两年后，又改任京兆府户部参军。

811年，白居易的母亲因看花坠井离世，白居易不得不离职"丁忧"，所谓的"丁忧"是指朝廷官员在位期间，如若父母去世，则无论此人任何官何职，从得知丧事的那一天起，必须辞官回到祖籍，为父母守孝二十七个月。白居易一走就是四年。814年，白居易再次回到长安担任太子左参赞大夫。

为官期间，白居易倾其所能希望尽到言官的职责，以报效皇上对自己的知遇之恩和赏识提拔。因此，白居易频繁上书劝谏和写作反映社会现实的诗歌。

他的用意本是好的，希望皇帝能够阅读到这些诗歌，了解时政。对于皇帝，白居易向来是知无不言，即便是当着皇帝的面，白居易也敢直指错误。

幸运的是，白居易的上书言事，大多都被唐宪宗采纳。然而，皇帝毕竟是皇帝，他依然无法容忍一个臣子当面指点自己的不是。对于唐宪宗来说，白居易的说话方式实在太过直接，屡次令唐宪宗感到不快。有一次，唐宪宗甚至向李绛抱怨："白居易这小子，是朕拔擢致名位，而无礼于朕，朕实难耐。"好在，李绛也是一名贤臣。他劝谏唐宪宗应该广开言路，不要阻碍臣子的忠言。

然而，白居易并没能一直维持这样的好运。815年，当朝宰相武元衡遇刺身亡。耿直的白居易屡次谏言主张缉拿凶手，可旁人却认为白居易言及此事已经属于越职。

不久之后，白居易又遭遇了诽谤。有人说，他的母亲是因为看花坠井去世，白居易却著有《赏花》和《新井》诗，有损礼教。因为这一理由，白居易遭到贬谪。

其实，所谓的《赏花》与《新井》诗，不过是那些想要陷害白居易的人随便找的一个贬谪他的由头。真实的情况是，白居易当时写了许多讽喻作品，得罪了当权者，才落得如此下场。

在此之前，白居易一直心怀远大抱负，希望能够为国家和百姓贡献自己的微薄之力。然而，遭遇贬谪之后的白居易，仿佛看透了世态炎凉和残酷的现实。他意识到，单凭一己之力，能够做到的事情实在有限，更不要提和恶势力做斗争。于是，他渐渐开始变得"独善其身"。虽然对百姓依然保持着以往的关怀，但在言语和行动上，却再也不如当初那般有激情了。

在贬谪之地江州（今江西九江），白居易过着郁郁不得志的生活。好在，这里是个风景优美之地，白居易也能够在如画美景中怡然自得，还时常前往庐山香炉峰，并在那里建了一座草堂，时常与当地僧人交游畅谈。

818年，白居易的弟弟白行简到江州与白居易团聚。之后便陪伴了白居易很长一段时间。在这期间，白居易又被任命为忠州（今重庆忠县）刺史，兄弟俩一路沿长江逆流而上。途中路过黄牛峡，兄弟二人又与元稹偶遇，便决定结伴同游。三人相游之处，便被后人命名为"三游洞"。

这年冬天，白居易被任命为忠州刺史，命其次年到任。岳阳楼，便是其赴任途中路过的风景。于是，便诞生了这首《题岳阳楼》。

"岳阳城下水漫漫，独上危楼凭曲阑。"岳阳楼，建在洞庭湖畔。巍峨壮丽，气势雄浑。岳阳楼旧址是三国时吴将鲁肃训练水师的阅兵台，始建于东吴黄武二年（223），西晋南北朝时称"巴陵城楼"。唐开元四年（716），中书令张说贬岳州，在鲁肃原阅兵台兴工造阁，常与文人迁客登楼赋诗，遂改名岳阳楼，一直称呼到现在。岳阳楼历经各朝各代，多次毁于天灾人祸。但社会稳定后，地方官员都会重新修好。

岳阳楼下的洞庭湖水，浩浩荡荡，无边无际。因为城楼极高，白居易用了"危楼"二字来形容。他登上这座高高的城楼，独自倚靠着楼边的阑干，向城楼下方及远处纵情眺望。"漫漫"一词，映衬出湖水的无边浩渺之感。

"春岸绿时连梦泽，夕波红处近长安。"所谓"梦泽"，便是"云梦泽"，也称"云梦大泽"，是湖北省江汉平原上古代湖泊群的总称。江北为云，江南为梦。在先秦时期，云梦泽的周长一度达到450公里，后来因为长江和汉水带来的泥沙不断沉积，云梦泽的范围逐渐缩小。到了魏晋南北朝时期，面积就已经缩小了一半。到了唐代，云梦泽已经开始解体，变成星罗棋布的小湖群。而如今，古代湖泊群，已消退为一些相互分离的湖泊。此处的"梦泽"指的是洞庭湖。

　　白居易来到岳阳楼时，正值春日。草木一派葱茏之绿，草木的绿色与远处的洞庭湖水色相接，到了傍晚，天边出现五彩云霞。彩霞又与湖水中的红波交相辉映。红波近处，似乎就是那日夜思念的国都长安。云梦泽是当时全国最大的大泽之一。春季正是洞庭湖涨水之时，可以远连云梦泽，几乎靠近长安。

　　这里，可以感受到洞庭湖壮阔的晚景，感受洞庭湖之宏大。同时，也可以感受到白居易在遭遇贬谪之后再一次靠近长安，内心的情绪是多么复杂而又矛盾。对于京城，他还是有着深深的眷恋的，可那里也是令他失意的地方。所谓近乡情更怯，想必说的就是白居易此时的心情。

　　"猿攀树立啼何苦，雁点湖飞渡亦难。"阵阵猿啼传入白居易的耳中，他觉得，是岸边山上的老猿正站在树上哭得凄惨。他又抬头张望，看到一队大雁正从浩渺无边的湖面上横空飞过，白居易不禁想象，对于大雁来说，这该是多么艰难的旅程。

　　"猿啼"与"雁渡"，透露出一种漂泊流离之感。如此水阔天长之地，就连大雁都难以飞渡，不得不频频落在水面上休息，更何况靠双腿行走的人呢？

　　回看上文"独上危楼凭曲阑"一句，一个"独"字，表明这是一场孤独的旅程。白居易常年贬官在外，远离京城，更远离家乡，孤独之感，他早已饱尝。此刻再听到"猿啼"，再见到"雁渡"，更让他感受到世事艰难。触情伤情，寓情于景，读此诗句，可以充分感受到诗人漂泊天涯的无奈、眷恋京城的痛苦。

"此地唯堪画图障，华堂张与贵人看。"这里的"图障"，指的是画障。古人喜欢将山水画作为屏障，挂在厅堂之上。

这句诗的含义，是说岳阳楼所见的风景壮阔美丽，可以画成画障，挂在富贵人家的厅堂里，供自己和客人欣赏。也许这样，那些富贵之人就能感受到猿啼雁渡之苦，感受到流民与逐客行旅的奔波之苦。对于只知享受荣华富贵之人，白居易是向来抱有怨愤之情的。于是，他在诗中表现出的苦与难，都是他此刻的内心独白。

这首《题岳阳楼》，是白居易登楼抒怀之作。在城楼之上，他所见到的景色，都能引发他对京城的思念，以及对行旅艰难的深深感慨。情与景完美地交融，体现了白居易在创作诗篇时的深远境界。

位于湖南省岳阳市古城西门城墙之上的岳阳楼，自古便有"洞庭天下水，岳阳天下楼"之美誉。岳阳楼坐西朝东，构造古朴独特，岳阳楼台基以花岗岩围砌而成。楼高约19米，在建筑风格上，前人将其归纳为木制、三层、四柱、飞檐、斗拱、盔顶。岳阳楼是纯木结构，整座建筑没用一钉一铆，仅靠木制构件的彼此勾连。在我国的古代建筑史上，岳阳楼的楼顶形式堪称独一无二，它采用古代将军头盔式的顶式结构，十分独特。可见当时劳动人民的聪明智慧和高超的设计和技能。

如今的岳阳楼景区，总面积1300多平方公里，是国务院公布的国家级重点风景名胜区。它以岳阳楼景区为核心，包括古城区、君山、南湖、团湖、芭蕉湖、汨罗江、铁山水库、福寿山、黄盖湖九个景区在内。吸引国内外众多游客的到来。岳阳楼作为流芳千古的名楼建筑，不仅有怡人的自然景观，而且也是历代文人墨客笔下骋怀古今的永久话题。每个登临楼上的人，眼里都会看到不同的风景，迸发出不一样的感情，从而创作出不同角度的有关岳阳楼的作品。

在岳阳楼，历代文人墨客留下来的有关岳阳楼、洞庭湖、君山岛的诗、词、歌、赋、韵、记等文章，不计其数。

如唐代杜甫的《登岳阳楼》："昔闻洞庭水，今上岳阳楼。吴楚东南坼，乾坤日夜浮。亲朋无一字，老病有孤舟。戎马关山北，凭轩涕泗流。"这首诗是说他登上了向往已久的岳阳楼，看到了浩瀚开阔的景色，不由礼赞，转而想到自己年老孤身一人，漂泊不定，国家也处在风雨飘摇之境，表达了杜甫忧国忧民的情愫。

北宋范仲淹的名作《岳阳楼记》，更是让这座洞庭湖畔的名楼，成为一个家喻户晓的地方。在文中，他将岳阳楼在不同季节、气候下的风景变化，以及游人心情的差异描写得细致入微、淋漓尽致，从而表达了他"不以物喜，不以己悲"的豁达胸襟和"先天下之忧而忧，后天下之乐而乐"的政治抱负。

可见岳阳楼对于人们来说是一份情怀，是一段历史，是一种文化。

登上三层高的楼宇，像白居易一样凭栏远眺，眼前可见那烟波浩渺的八百里洞庭湖水，此时再品味那些与岳阳楼相关的千古佳句，更是别有一番味道。

洞庭湖·湖光秋月两相和

秋天，总是给人以宁静高远之感。那是一个淡泊的季节，从枝头飘落的树叶，也能在风中旋舞出优雅的姿态。秋日的水，是沉静的，映衬着荷花的妖娆，显得那样气定神闲，波澜不惊。

提到唐代文学家刘禹锡，大多数人都了解他的《陋室铭》，知道他有"山不在高，有仙则名。水不在深，有龙则灵"的淡泊名利的情怀，以为一间陋室，就足以容纳他静如止水的心境，却不知，他也有徜徉于山水、寄情于景的宁静致远。

刘禹锡描写山水的诗篇，最著名的莫过于那首《望洞庭》：

> 湖光秋月两相和，
> 潭面无风镜未磨。
> 遥望洞庭山水色，
> 白银盘里一青螺。

这首《望洞庭》，刘禹锡通过对洞庭湖高旷清超的描写，将他的奇思妙想展现得淋漓尽致，也充分让世人感受到他对洞庭湖的喜爱和赞美之情。

刘禹锡生于大历七年（772），19岁前后，游学洛阳、长安，在士林中获得很高声誉。在贞元九年（793）进士及第，同年登博学鸿词科。两年后再登吏部取士科，不久丁忧家中。贞元十六年（800），又被在朝中身居要职的杜佑征召为淮南节度使掌书记，随杜佑回扬州。

在官场中，刘禹锡与韩愈和柳宗元交往频繁，三人成为好友。然而，从贞元二十一年（805）正月，唐德宗驾崩、唐顺宗即位开始，刘禹锡因为得罪执政党，迎来了漫长的二十多年贬谪生涯。

被贬期间，刘禹锡创作了大量寓言诗，充分表达了自己对当朝权贵的不满之心。并且，还作赋多篇，表达自己不愿沉沦的壮志雄心。

唐穆宗长庆元年（821）冬天，刘禹锡任夔州（今重庆奉节）刺史，三年后，也就是长庆四年（824）夏天，又被调任和州（今安徽和县）刺史。直到晚年，才奉调回洛阳。

《望洞庭》就是刘禹锡在长庆四年（824）秋天赴任和州刺史、经洞庭湖时所作。在被贬谪的二十年来，他在洞庭湖往来有数次，唯有这一次途经洞庭湖是在秋季，因此，诗中描写的是洞庭湖秋日的生动美景。

"湖光秋月两相和，潭面无风镜未磨。"这里的"湖光"，指的就是洞庭湖面的波光。一个"两"字，是同时在指代湖光和秋月。水色与月光相互辉映，和谐地融为一体。在秋月的青光照耀之下，平静的洞庭湖面俨然如同琼田玉鉴一般空灵缥缈。宁静、朦胧的环境，这个"和"字，是那样地和谐自然、顺理成章。能够透过文字，在眼前呈现出一幅水天一色的画卷，让人感受到荡漾的月光与湖水交融的律动。

"潭面"一词，指的依然是洞庭湖面。"镜未磨"，是说此时的湖面无风无波，平静得如同一面用纯铜打磨而成的镜子。古时的铜镜，在未打磨时，照出的人与物都隐约不清，就像此时从远处望过去的湖面，岸边的景物倒映在湖面上，就如同未曾打磨的镜面照出的物品一般模糊。

赏景之人，最期望的就是赶上一个风和日丽的好天气。这一次途经洞庭湖畔的刘禹锡，就幸运地赶上了这样一个好天气。湖面上一丝风也没有，"镜未磨"三个字，将千里洞庭湖的风平浪静、安宁温柔表现得无比贴切。"未磨"二字，又让人感受到月光下的湖面，更别具一种朦胧的美感。

即便是在风景如画的洞庭湖，能够欣赏到刘禹锡眼中的景致也十分难得。只有在无风的日子里，洞庭湖面才能如此波澜不惊，湖光与秋月才能两相和。

"遥望洞庭山水色，白银盘里一青螺。""白银盘"，指洞庭湖平静清澈的湖面。"山"和"青螺"，指的是洞庭湖中的君山。君山，在古代称为洞庭山、湘山，是八百里洞庭湖中的一个小岛，与千古名楼岳阳楼遥遥相对，取意神仙"洞府之庭"。君山是一座面积不足100公顷的小岛，但四周环水，景色旖旎，流传于此的神话典故众多。传说舜帝的二妃娥皇、女英曾来此地寻夫，听到虞舜的噩耗，悲痛万分。她们因悲恸而死于此山并葬此。死后即为湘水女神，屈原称之为"湘君"，故后人又把这座山叫"君山"。君山名胜古迹众多，文化底蕴深厚，相传君山岛有五井、四台、三十六亭、四十八庙。

刘禹锡当时的心情是开阔放松的，让他对眼前的美景产生了许多奇妙的联想。皓月当空，月亮将银辉点点洒向洞庭湖面，青翠的君山显得洞庭湖水是那样清澈。在刘禹锡眼中，洞庭湖的山水浑然一体，从远处望去，洞庭湖就好似一个雕镂得晶莹剔透的银盘，而君山就是一件精美绝伦的工艺珍品青螺，是那样玲珑小巧，惹人喜爱。

读刘禹锡的《望洞庭》，可谓是一种莫大的艺术享受。没人能够知道，他的脑海中，是怎样浮现出"白银盘里一青螺"这样令人意想不到的妙句。这句精妙绝伦的诗，将刘禹锡的超凡气度体现得淋漓尽致，更能让读者感受到深埋于诗人个性当中的浪漫情志。他的字句，是那样清新自然，毫无做作之气。

也许，只有心存清高之人，才能写出这样清奇的诗句。人与自然的关系，在刘禹锡笔下显得那样亲切，也只有像他这般浪漫之人，才能写出如此带有浪漫色彩的诗篇。

秋夜月光下的洞庭湖，微波不惊，平静秀美。此情此景，怎一个怡人可以形容？如此美好的湖光山色，让刘禹锡的思绪渐渐飘远。他素来擅长以清新的笔调描写山水，此刻，他的笔调在清新之余，更多了一份生动。

在刘禹锡的眼前，仿佛徐徐铺陈开一幅洞庭湖水宁静、祥和而又朦胧的画卷，他是那样热爱自然，恨不得永远投入自然的怀抱当中。在这首诗中，刘禹锡不凡的气度，再也无处隐藏，他的情志与情怀，足以让读者感动。

这首诗的标题，叫作"望洞庭"，一个"望"字，便成了整首诗的点睛之笔。无论是水月交融之景，还是湖平如镜之状，都是刘禹锡近望所见。而洞庭山水，以及犹如青螺的君山，则是刘禹锡遥望所得。

一切美好的景致，都是刘禹锡"望"见的，但是，远望与近望，却又有所不同。近望的景色，美妙而又别致；远望的景色，既迷蒙，又绮丽。

如螺的君山，映衬着如镜的湖面；唯美的湖光，又倒映着明月。这是一幅情景相融、相得益彰的画卷。在刘禹锡的笔下，君山不仅如同玲珑的青螺，更如同一颗镶嵌在明镜洞庭湖上的翡翠，简直美不胜收。

刘禹锡的山水诗，常常给人一种超出空间实距之感，令人感觉一半真实、一半虚幻。尤其是这首《望洞庭》，在静谧空灵的山水之间，又融入了自己的主观情感，令人读来心生一种恬静平和之感。

刘禹锡虽生性浪漫，却也十分倔强。他喜欢寄情于山水，同样也希望在现实的世界里实现自己的人生理想。总体来说，刘禹锡的个性算是开朗的，从他的诗作之中，也能读出他乐观、开阔、豁达的精神。

清新与朴素，是刘禹锡诗作的主要风格。他喜欢贴近百姓，因此诗作中也充满着浓郁的生活气息。既如同高雅的阳春白雪，也是贴近民生的下里巴人。也因此刘禹锡诗中的洞庭湖洋溢着浪漫的光影，却能恰到好处地融入百姓的心海。

洞庭湖古称"云梦""九江""重湖"，处于长江中游荆江南岸。因春秋战国时期湖中洞庭山而得名。

秀美的风光总是更能触动人心。古人的诗词，除刘禹锡的诗词外，亦曾经无数次描写过洞庭湖的美景。据清代《洞庭湖志》所载，"潇湘八景"中，洞庭湖的美景就占了五处，分别为：洞庭秋月、远浦归帆、平沙落雁、渔村夕照、江天暮雪。除此之外，洞庭美景还包含"洞庭湖十影"，分别为：日影、月影、云影、雪影、山影、塔影、帆影、渔影、鸥影、雁影。

在古时，洞庭湖曾号称"八百里洞庭"，也是历史上重要的战略要地，更是中国传统文化发源地，同时，也是著名的鱼米之乡。如今，以岳阳楼为代表的历史胜迹是我国重要的旅游文化资源。

传说与诗歌的传诵，让洞庭湖更添魅力，而最好的遇见，便是携一捧诗情画意，置身其中。

衡山·衡山苍苍入紫冥

　　喜欢行走之人，总是无法割舍对名山的深深眷恋。五岳之一的衡山，自隋文帝时起，就被封为"南岳"。衡山位于湖南省衡阳市境内，重峦叠嶂，气势磅礴。素以"中华寿岳""五岳独秀""文明奥区"著称于世。南岳衡山共有七十二座山峰，分别散布在衡阳、衡山、衡东、长沙、湘潭等县，方圆800里，南以衡阳回雁峰为首，北以长沙岳麓山为足。以祝融峰为中心，分布在祝融峰前者十六峰，峰后者十三峰，峰左者十二峰，峰右者十九峰，峰东者六峰，峰北者四峰，峰南者一峰。其中高峰有五座（祝融峰、紫盖峰、芙蓉峰、石廪峰、天柱峰），以祝融峰最高，海拔1300米。

　　拔地而起的主峰祝融峰，凌驾于云雾之中。祝融峰是根据《山海经》中的火神祝融氏而命名的。

　　相传，祝融长着兽面人身，乘坐两条巨龙。当年，祝融与水神共工交战，因为战败，一怒之下一头撞向不周山。另外，当年大禹的父亲鲧因为治水不力，被天帝杀掉，执行人便是祝融。因此，在许多传说当中，祝融不仅是火神，更是一名执法之神。

　　祝融峰的存在，为南岳衡山增添了许多玄幻色彩。而古时文人墨客，也大多喜欢在衡山留下自己的足迹，同时留下有关衡山的诗词。

在诸多与衡山有关的诗词当中，李白的《与诸公送陈郎将归衡阳》，算是别具一格的一首诗作。他没有着重描写衡山的巍峨苍劲，而是着重笔墨表述了自己即将与友人分别的依依不舍之情：

> 衡山苍苍入紫冥，下看南极老人星。
> 回飙吹散五峰雪，往往飞花落洞庭。
> 气清岳秀有如此，郎将一家拖金紫。
> 门前食客乱浮云，世人皆比孟尝君。
> 江上送行无白璧，临歧惆怅若为分。

李白一生游历江湖，纵情诗酒，自称"五岳寻仙不辞远，一生好入名山游"。因此，对于南岳衡山，李白向往已久，并且终于在唐肃宗乾元元年（758）秋天，取道长沙，沿湘江逆流而上，游览衡山。

衡山是我国五岳之一，自古天下闻名。素来以壮美的自然风光和佛教、道教并存的人文景观而著称。衡山处处可见茂松修竹，遍生奇花异草，四季飘香。

衡山的自然景色，以秀丽著称，素有"南岳独秀"的美誉。堪称"衡山四绝"的美景分别为：祝融峰之高、藏经殿之秀、水帘洞之奇、方广寺之深。在衡山，春天可观花草，夏天可看云海，秋天可望日光，冬天可赏雪景，一年四季可以欣赏到不同的美景。

写下这首诗时，李白已经是第三次来到湖南。那是唐肃宗乾元二年（759），在武昌，他与一众好友送别一位即将归去衡阳的友人。在诗的前边，李白还专门写了一段序："仲尼旅人，文王明夷。苟非其时？贤圣低眉。况仆之不肖者？而迁逐枯槁，固其宜耶。朝心不开，暮发尽白，而登高送远，使人增愁。陈郎将义风凛然，英思逸发。来下专城之榻，去邀才子之诗。动清兴于中流，横素波而遥去。诸公仰望不及，联章祖之。序惭起予，辄冠名篇之首。作者嗤我，乃为抚掌之资乎。"

　　当时的李白，刚刚迎来人生中的一个转折点。或许可以说，李白以为这是自己人生中的一次转折点。在此前一年，李白因遭遇流放，已经在旅途上奔波了一年之久。当来到三峡时，因为道路险峻难行，旅程也变得异常缓慢。

　　想到自己的身份依然还是一名流放之人，李白的心情终究难以释怀。尤其是一连三日，李白乘坐的船都在黄牛峡一带打转，李白更是为此愁白了头发。

　　59岁的李白，已经是一名不折不扣的老者。也许上天不忍他如此奔波劳苦，终于为他送来了一个好消息。当他行至巫山脚下，忽然接到了朝廷对他的赦免书。这就意味着李白从此成了一个自由人。

　　得知自己被赦免，李白激动不已，他毫不犹豫地掉转船头，朝着家的方向前进。此刻的他，终于又恢复了往日的豪情万丈。沿途的山水，在他的眼中也充满了色彩，也别有一番情致。

　　这一次转折，让李白重新燃起了为国效力的激情。当途经江夏（今湖北武昌），李白特意拜访了好友韦良宰，委托他在唐肃宗面前为自己多多美言，希望能够重新得到朝廷的重用。

可惜，唐肃宗终究还是不愿重用李白。无奈的他，带着满腔失望，离开江夏，继续返程。一直走到秋日，才再一次来到岳州。

在岳州（今湖南岳阳），李白偶遇自己昔日的好友贾至。贾至原本也是一名京城中的官员，此刻也遭遇了贬谪，成为岳州司马。对于昔日的好友，李白只能诸多安慰，但他还是乐观的，依然心怀重整旗鼓的希望。他相信，只要自己的才华还在，终有一日会得到朝廷的重用。

从《与诸公送陈郎将归衡阳》的序文中便可知，李白的心情是郁郁不得志的。"朝心不开，暮发皆白"，这既是在为友人即将远行而难过，也是在说自己因为忧愁而一夜白头。登上高处，望见友人渐行渐远的背影，心生忧愁和憔悴。

序文的最后一句"作者嗤我，乃为抚掌之资乎"，这一句是出自《晋书·左思传》中《三都赋》的典故：当初陆机入洛阳，欲为此赋。灵感到来之时，他抚掌而笑，对自己的弟弟说："此间有伧父，欲作《三都赋》，须其成，当以覆酒瓮耳。"当左思赋流传开来之后，陆机读罢立刻惊叹不已，认为自己无论如何也作不出比左思赋更好的赋了，于是便搁笔不再继续写。

"衡山苍苍入紫冥，下看南极老人星。"这是李白在以极其夸张的手法形容南岳衡山之高。在之前一年的秋天，李白曾经游历过一次衡山，这次故地重游，他将自己的想象凝聚到诗句当中。

"紫冥"，便是天空。《魏书》中曾这样描写南岳衡山："发响九皋，翰飞紫冥。"《南岳记》中也曾写道："衡山者，朱陵之灵台，太虚之宝洞。上承翼轸，铃总万物，故名衡山。"《水经注》中说："湘水又北径衡山县东。山在西南。有三峰：一名紫盖，一名石禀，一名容峰。容峰最为竦杰，自远望之，苍苍隐天。故罗含云：望若陈云，自非清雾素朝，不见其峰。丹水涌其左，醴泉流其右，山经谓之岣嵝山，为南岳也。"

"老人星"，即南极星。《史记·天官书》中记载："狼比地有大星，曰南极老人，老人见，治安。常以秋分时候之南郊。"《晋书》中记载："老人一星在弧南，一曰南极，常以秋分之旦，见于丙；春分之夕，而没于丁。见则治平，主寿昌。"这句是说苍翠的衡山，已经高耸入天，站在衡山之巅，就连天上"老人星"都高不过衡山，需要俯瞰才行。

"回飙吹散五峰雪，往往飞花落洞庭。"谢灵运是南北朝时期著名的诗人、文学家与旅行家。谢灵运一生欣赏的人并不多，谢惠连便是其中一个。谢惠连10岁便能作文，谢灵运曾评价其诗文"张华重生，不能易也"。谢惠连的《雪赋》与《月赋》更是堪称六朝抒情咏物类小赋的代表作。他在《咏冬诗》中，曾写到"回飙流轻雪"一句，李白的这句"回飙吹散五峰雪"，便是仿照谢惠连这句诗所作。回旋的风把衡山峰顶的雪吹落下来，纷纷扬扬，如同飞花一般落入洞庭湖。如此场景，虽是在人间，却仿佛已经来到了仙境。

"气清岳秀有如此，郎将一家拖金紫。"这里所说的"金紫"，是指唐代的官服和配饰，也就是金鱼袋和紫衣。唐代的官阶，凭官服的颜色便可以区分。三品以上官员着紫袍，佩金鱼袋；五品以上着绯袍，佩银鱼袋；六品以下着绿袍，无鱼袋。如果担任宰相，而官阶不到三品，其官衔中必带赐紫金鱼袋。

　　这句诗是李白在向好友陈郎将表达自己的美好祝愿，能够在如此秀气俊美的山岳之地为官，必定有朝一日能够官升三品以上，着紫袍，佩金鱼袋。李白也是在借这句诗表达自己对衡山景色的欣赏，如此山水，仿佛一片风水宝地。所谓人杰地灵，生活在这里的人，也一定会是不俗之辈。

　　"门前食客乱浮云，世人皆比孟尝君。"孟尝君是著名的"战国四公子"之一，是战国时代齐国的贵族。孟尝君的父亲死后，为他留下丰厚的遗产。凭借这些遗产，他在自己的封地薛邑广招各国人才，收为门客。孟尝君的门客众多，最多的时候达到数千人。当求贤若渴的秦昭王听说孟尝君的名气，便想将他招揽到秦国来，封为丞相。

　　孟尝君招收门客，从来不在乎对方的出身。因此，他的门客当中，既有杀人有罪之人，也有鸡鸣狗盗之徒。但孟尝君全部对其予以厚待，无论贵贱，在孟尝君眼中一律平等。这些门客也帮助孟尝君出谋划策，完成了许多大事。这句诗，同样是李白在向好友陈郎将表达自己的祝福。他希望，在衡阳为官的陈郎将，能够像孟尝君一样，拥有如同天上的云朵般数不清的门客，并且也能像孟尝君那样，留下千古美名。

　　"江上送行无白璧，临歧惆怅若为分。"在这里，李白再一次引用了一个典故。《吕氏春秋》中记载，春秋时代鲁国大夫郈成子，以鲁国使节的身份访问晋国。在途经卫国的时候，卫国右宰谷臣请他留下来喝酒，在席间陈设乐队奏乐，可是却并没有喜乐的氛围。

酒酣之时，谷臣送给郈成子一块璧玉，可是，郈成子在从晋国返回鲁国，再次途经卫国的时候，却并没有向谷臣告辞。郈成子的仆人不解，便问他："之前右宰谷臣请您喝酒，喝得很高兴，如今经过卫国，您为何不向右宰谷臣打一声招呼呢？"郈成子回答："他留我喝酒，是要与我一起欢乐，陈设乐队奏乐却并没有喜乐的气氛，是希望我知道他的忧愁。酒酣之后，他送我璧玉，是将这块璧玉托付给我。这样看来，卫国一定将有动乱发生。"

果然不出郈成子所料，他们一行人刚刚离开卫国三十里，就听说卫国发生了宁喜之乱，右宰谷臣被杀。郈成子立刻掉转马头，回到谷臣家中，再三祭拜之后，才回到鲁国。一回到鲁国，郈成子就派人将谷臣的妻子和儿子接来，并将自己的住宅和俸禄分出一部分，专门用来供养其家。谷臣的儿子长大成人后，郈成子又将谷臣当年托付的那块玉璧归还。

后来，孔子听说郈成子的事迹，评价道："有预见，可以事先策划对策；有仁义，可以托付财物。说的就是郈成子吧？"

如今，李白也正在经历一场送别。可惜他不是谷臣，没有璧玉可以送给自己的好友，徒有满腔惆怅而已。

第四章

赣鄱大地

庐山·青天削出金芙蓉

　　只有拥有宁静的内心，日子才能过得恬淡而又惬意。只有经历过艰难，才心甘情愿地把日子过得简单而又纯粹。天地万物，唯有自然的山水与草木才真正单纯多情，做一个内心清澈如水的人，生活才能变得更加简单而美好。

　　古时的文人，多在遭受过失意之后，才能写出饱含人生真谛的诗篇。也大多只有在经历了人世间的复杂与多舛之后，才更加觉得江山多娇、山水多情。

　　李白就是一个曾经遭遇过多次失意的人，对于生活，他始终充满着热忱，对于走入仕途，为国家与黎民百姓效力，他总是有着磨灭不了的激情。即便是在现实给予他无数次的打击之后，他还是能抱着一份澄澈的心情，发自内心地去感受世间万物的美妙多姿。

　　李白的诗篇中，有许多是在吟咏祖国的山水。其中对庐山的吟咏不止一次，除了脍炙人口的《望庐山瀑布》，这首《登庐山五老峰》七绝，也是一首描写庐山美景的佳作：

　　　　庐山东南五老峰，
　　　　青天削出金芙蓉。

九江秀色可揽结，

吾将此地巢云松。

这首诗作于安史之乱爆发之后，是李白带着妻子宗氏一同到庐山隐居时创作的作品。

已经五十几岁的李白，对于自己的未来，还有诸多迷茫。虽然他还是不改洒脱的本性，可只要一想到国家正在遭受的动荡，还是难免为之心忧。

因为反对杨国忠两次征战南诏，李白还曾写下《为赵宣城与杨右相书》呈与杨国忠，可惜却如同石沉大海，杳无音信。李白知道，劝谏杨国忠终究无望，只能默默借酒浇愁。他多希望自己能够像东方朔一样，辅佐一位像汉武帝一样的明君。可惜他却生不逢时，最终因为小人离间被逐出宫廷。

对于朝廷的现状，李白实在有太多的忧虑。大唐几乎已经没有能征善战的将士，面对接连不断发起的战事，只能眼睁睁看着将士们白白丢掉性命。他多希望自己能为朝廷做一些什么，可惜却没有人能够赏识他的才华。

此时此刻，李白无比思念自己的家人。因为预感到朝廷会有一场巨大的变动，他更加迫切地想要赶回到妻子的身边。当李白终于赶回宗氏所在的梁苑，历史上著名的"安史之乱"便揭开了序幕。

安禄山假借讨伐杨国忠的罪名，发动起一场声势浩大的战争。不到两个月，安禄山便在洛阳称帝。杨国忠在与安禄山交战中不敌败退，唐玄宗只能在仓促中带着杨贵妃与大臣们出逃。

安禄山的叛军很快就攻打到了梁苑，李白只能带着家人逃难。一路上，战争的惨状被李白尽收眼底，他和妻子也不得不换上胡人的衣服，趁着天黑马不停蹄地赶路。

途经洛阳西上，李白把妻子送到了华山隐蔽起来，之后，他自己又南下宣城，希望能够为拯救国家于危难出一份力。可惜，沿途的将士尸体遍野让李白对大唐失去了信心，此时此刻，他的心中忽然萌生了想要归隐的念头。

也许，像陶渊明那样隐居世外桃源，才能让生活惬意安稳下来。他甚至想过要到东海隐居，在诗酒与垂钓中度过余生。

想到这里，李白立刻毫不犹豫地返回华山，接上妻子宗氏，又来到庐山屏风叠，过起了隐居的生活。在那里，李白特意修建了一间草堂，作为读书之用。并且，他下定决心，从此不问世事，只与诗词歌赋和山中美景相伴。

当下定决心舍弃一些东西，才发现自己竟然得到了真正的快乐。所谓"舍得"，也许说的便是这个真谛。

这段隐居生活，让李白感受到久违的释然。因为不再忧心世事，也能全身心投入欣赏山水美景之中。这首《登庐山五老峰》，便隐约流露出李白当时的心境。

"庐山东南五老峰，青天削出金芙蓉。"这句是在说，坐落于庐山东南的五老峰，高高耸立，如同青天削出，宛若一朵盛开的金色莲花。首句便点明了诗人游览之地。庐山，位于江西北部，北临长江，东濒鄱阳湖。庐山绵亘25公里，因为景色秀丽，气候宜人，从古时起就是著名的旅游胜地。它是名山大川中最具神秘感的一座。庐山的景色，并不华丽，而是清秀。山势并不雄伟，却也峻峭多姿。可以说，在中国的名山当中，庐山的景色是最贴近现实的，它将中国多地的美景融合在了一起。

李白选择在此地隐居，的确是不错的选择。这一次，他游览的五老峰，位于庐山东南部，是五座雄奇的峰岭相连而成的山峰，形状犹如五位老人并肩而立，山势十分险峻，也是庐山的胜景之一。

"金芙蓉"，是对莲花的美称。《乐府诗集》中有："玉藕金芙蓉，无称我莲子。"

首句点题，开门见山，与诗题紧扣，也不禁让人联想到同样由李白创作的那首与庐山有关的诗——《望庐山瀑布》："日照香炉生紫烟，遥看瀑布挂前川。飞流直下三千尺，疑是银河落九天。"

这是一首妇孺皆知的唐诗，许多人在学前时期就已经能倒背如流。这首诗写的同样是庐山，却不是五老峰，而是香炉峰。香炉峰位于庐山西北侧，其峰尖圆，如同香炉的形状。因此，在李白的笔下，便出现了一座顶天立地的香炉，冉冉地升起团团白烟。这些白烟缥缈于青山蓝天之间，被红日一照，幻化成一片紫色的云霞。

李白眼中的庐山，无论是五老峰还是香炉峰，都有一种别样的美。这源于他浪漫的天性，他总是能在寻常之中发现不寻常的景色。

香炉峰的瀑布，在李白眼中仿佛一条巨大的白练，高高挂在山川之间。一个"挂"字，饱含了诗人对大自然鬼斧神工的敬重。瀑布的水，是那样生动，从高峻陡峭的山巅"飞流直下"，湍急地自高空垂落，势不可当，犹如天上的银河，从九天而降。

写下《望庐山瀑布》时，是李白第一次游览庐山。而创作这首《登庐山五老峰》时，则是他第三次来此地，显然与那时有着不同的心境。

这首诗的开头，语言朴素，语调平缓。可是，介绍完自己所处的位置之后，诗人突然笔锋一转，如同飞来之句，描写自己眼中望见的美景。

五老峰嶙峋峭拔，气势磅礴，如同一朵耸立在青天之上的金芙蓉。此时正是秋季，山上的树叶都由绿转黄，远远望去，一片金色，再加上五老峰秀丽的形状，的确如同一朵盛放的金色芙蓉。

"青天削出"四个字，同样体现了诗人对大自然的敬重。唯有大自然的"妙手"，才能造就出如此景色，也只有大自然，才有如此神奇的力量。

"九江秀色可揽结，吾将此地巢云松。"这里所说的"九江"，即当时的江州，位于庐山之北。"秀色"指的便是庐山优美的景色。"巢云松"三个字，是说诗人正在过的隐居生活。

诗人携着妻子，登上庐山五老峰的峰顶。站在那里，他举目眺望，九江的秀丽景色尽收眼底。这更让他坚定了要在这里隐居的决心，从此以后，庐山便是他的家。

从不同的角度去欣赏五老峰，可以感受到不同的姿态。有的像正在垂钓的渔翁，有的像正在盘腿打坐的老僧。五老峰中的第三峰，是最险峻的一座。在峰顶，有"日近云低""俯视大千"等豪迈景象。最高峰则要数第四峰，峰顶遍布云松，下方还有狮子峰、金印峰、石舰峰、凌云峰等小峰，再向下则为观音崖、狮子崖、青莲寺等。

五老峰中的每一座山峰，都有不同的特色，有的奇绝，有的险峻，有的优美，有的开阔。如果只从山下仰望，也许以为看到的只是一堆乱石。不过，只要攀着乱石爬到山顶，便能感受到庐山盛景的名不虚传。

全诗的前两句，是站在五老峰山下，向上仰视所看到的景色。而后两句，则是攀登上峰顶，从山上向山下俯视所见。不同的观赏位置，领略到不同角度的美景。

正像诗人在诗中所形容的那样，五老峰高入云端，因此，登高望远，才能将九江一带的美景尽收眼底，仿佛伸出手去，就能轻易将这些美景揽入怀中。

于是，李白在这里用了"揽结"两个字，一下子让静止的画面变得有了生命，也让人有了更多的亲近感。

视角的转变，也给人一种新鲜之感。不仅是诗人的视角变高了，就连感情仿佛都因此变得高涨了。

然而，在最后一句，情感基调却突然由高转低。那是因为李白一下子从眼前的美景中抽离了出来，又联想到自己在仕途上遭遇的接连失意。于是，他的情绪从刚才的高涨转变为低落，又凭借自己天生的洒脱，变得渐渐释然。

既然在仕途上接连遭遇坎坷，看透世态炎凉，饱受轻视与白眼，那么，不如索性在如此美好的处所过着隐居的生活，不再过问世事。隐居的念头，多少有一些意志消沉的成分在。不过，李白一直以来都有隐居的志向，只是机缘巧合，上天给了他这样一个机会。

对于李白来说，庐山的确算得上一个理想的栖息之地。他在五老峰下的屏风叠修建了一座书堂，人称"太白书堂"。在这里，他过着优哉的读书生活，闲来无事，走出门去，便可欣赏庐山的嵯峨山势，优美环境。

李白的一生都在追求建功立业，希望在政治上有所作为。然而，无情的现实总是一次次让他看到理想的破灭。随着年龄的增长，他对于仕途也不再像当初那般有激情，他的情绪，也仿佛从山巅渐渐跌入失望的深渊。

既然现实残酷，不如就远离现实。隐居，便是一种逃离黑暗现实的最好方法。对于李白来说，在山中隐居，是他向往已久的生活。他在很早以前就崇尚道教，欣赏道士们隐居山林的生活，他自己也曾求仙访道，有着超凡脱俗的气质。因此，贺知章才不惜用"谪仙人"这个如此之高的评价来形容李白。

也许，李白生来是矛盾的。他既想要做辅弼君主的"东方朔"，又想做超凡脱俗的神仙。因此，当政治上接连遭受挫折，"成仙"的念头便再一次占了上风。

他希望隐居在青松白云间的生活，能够让自己修身养性，得道成仙。这也是晚年李白最大的凤愿。只可惜，一生狂放不羁的李白，一腔的激情终究无处安放。这首《登庐山五老峰》，虽然依旧存在一些雄健的诗句，却也隐隐透露出李白对于政治的疲累之感。

今天，庐山以雄、奇、险、秀闻名于世，有"匡庐奇秀甲天下"之美誉。以世界文化遗产、世界地质公园、国家重点风景名胜区、国家AAAAA级旅游景区等闻名于世。庐山名胜古迹遍布，千百年来，无数文人墨客、名人志士在此留下了丹青墨迹。从司马迁《史记》的"余南登庐山，观禹所疏九江"，到陶渊明、昭明太子、李白、白居易、苏轼、王安石、黄庭坚、陆游、朱熹等数位文坛巨匠登临庐山，留下若干首佳作。其中唐代诗人李白，曾五次登临庐山，为庐山留下了14首诗歌。

现代人游览庐山，不仅流连于它的美景，更是对于它内在的文化和底蕴充满向往和渴求。

明·刘珏 《夏云欲雨图》 北京故宫博物院藏

清·袁耀 《扬州四景》 北京故宫博物院藏

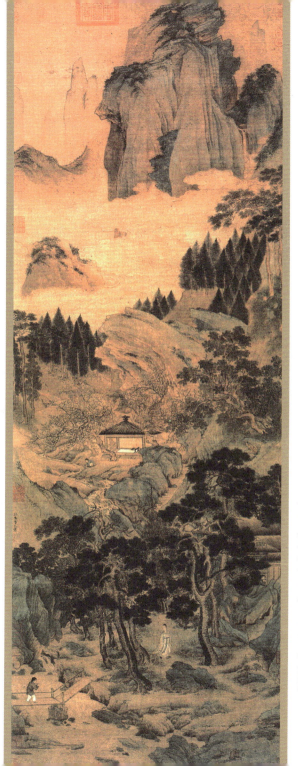

明 · 仇英 《桃村草堂图》 北京故宫博物院藏

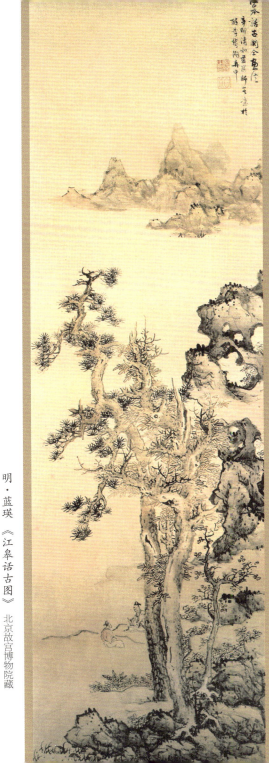

明·蓝瑛 《江皋话古图》 北京故宫博物院藏

南宋·刘松年 《四景山水图》 北京故宫博物院藏

潮满春江语不流，东风扇暖柳
初亲夕阳远见青山色吹破浮云
落小舟
辛酉二月十七日写居节

明·居节 《潮满春江图》 镇江市博物馆藏

大林寺・人间四月芳菲尽

多少古代文人，都厌倦了人间的污秽，情愿化身成为一朵出淤泥而不染的莲花。有多少人，欣赏兰草的高洁与芬芳，宁愿生长在深谷，飘散出淡淡的清香，也不愿身处闹市，遭受世俗的熏染。

白居易，便是一个追求简单纯粹的诗人。他的那首《大林寺桃花》，便道出了他对人间处处是春天的美好渴望：

> 人间四月芳菲尽，
>
> 山寺桃花始盛开。
>
> 长恨春归无觅处，
>
> 不知转入此中来。

这首诗创作于唐宪宗元和十二年（817）四月。当时46岁的白居易正担任江州（今江西九江）司马，担任这样一个官职，并不是什么幸事。白居易早在唐代贞元年间便高中进士，曾授秘书省校书郎，又官至左拾遗，经历了一段春风得意的仕途生涯。可惜却因直言不讳，冒犯了权贵，这才被贬为江州司马。

白居易的官职遭贬，还要从元和八年（813）说起。那一年，白居易刚刚丁忧期满，按照朝廷惯例，除服后就该补官。除服的意思即除去丧礼之服，古代丧礼仪式之一。然而，白居易一直等到第二年的冬天，才被召回长安，担任太子左赞善大夫。

　　这是一个隶属于东宫的官职，主要职责是协助左德对太子进行"讽喻规谏"，却不准过问朝政。对于一个一心想要为朝廷效力的人来说，这样的官职无异于被打入了"冷宫"。这充分暴露了当权者的用心，他们就是想让白居易担任一个没有实权的闲职，让他失去在朝廷中参政的权利。

　　一腔抱负无处施展，白居易自然无比苦闷。为了排解心中的烦恼，元和十年（815），白居易与元稹、李绅同去城南郊游，希望秀丽的风景能让自己摆脱苦闷。

　　长安城的南郊，南有终南山、雪岩、玉案、圭峰、紫阁等诸峰并列，还有许多名刹古寺。只有纵情于山水之间，白居易才能够感受到些许生活的乐趣。

　　然而，因为宰相武元衡被杀，白居易极力主张缉拿元凶，上书请求严正法纪。没想到这样的正义之举，却触怒了以宰相韦贯之为首的官僚集团。当时，白居易身为太子左赞善大夫，并非谏官，他们联合说他"以宫官非谏职，不当先谏官言事"，对朝廷大事指手画脚是为了博出位，要治白居易的罪。紧接着，又有人说，他母亲因赏花而不慎落水淹死，而白居易居然还写了《赏花》和《新井》这样的诗篇，指责白居易是个衣冠禽兽，有伤孝道。

　　就这样，白居易被贬为江州刺史。可是，就在下诏当天，中书舍人王涯又上书朝廷，认为白居易所犯罪状严重，不宜治理州郡。朝廷便将诏书追回，将白居易降职为江州司马。

对于白居易来说，这是他走入仕途之后所遭受的一次最严酷的打击。他心中的悲愤与失意之情，只能通过文字来表达。

离开长安，白居易沿着蓝田路行驶。79里的蓝田路，让白居易人困马乏。好不容易到达商州（今陕西商洛），白居易一连住了三天，直到与家人团聚，才继续出发。

一直走到八月，白居易才抵达襄阳。在那里稍事休息之后，白居易这才由陆路改为水路，顺着汉水而下江陵（今湖北荆州）。途经鄂州，卢侍御等友人在黄鹤楼设宴款待，这是白居易第一次登上了黄鹤楼，极目远眺周边的美景，作下了《卢侍御与崔评事为予于黄鹤楼置宴，宴罢同望》一诗。之后，又再次登船，顺着江水一路航行。

对于长安，白居易有无尽的思念。一路长途跋涉，到达浔阳时，已是初冬时节。当时的江州，属江南西道，领浔阳、彭泽、都昌三县，州治便设在浔阳。浔阳是当年一座繁华的商业港口，也是白居易被贬官之后的任职之地。

白居易所担任的江州司马，主要职务是协助刺史处理州务，不过，只掌握法令政策，不做具体工作，也无须承担任何责任，只是闲职而已。

那一段时间，白居易的主要生活便是喝酒、下棋、写诗，闲暇时，除了逗侄儿玩耍，便是打扫庭院，栽种花木。日子虽清闲自在，却依然难掩落寞。

渐渐地，白居易的一腔政治热忱被消磨掉了，他甚至产生过归隐田园的想法。原本，他有着强烈的进取心，希望一展抱负，济民安邦。然而，残酷的现实却让白居易屡屡受挫，如今被放逐江州，再也没有了参与朝政的机会。心底的悲愤，唯有通过诗词才能倾诉。

来到江州的第二年，白居易的情绪变得更加低落。他知道，自己已经无力摆脱困境，只能认命。于是，在元和十一年（816）的年终岁尾，他写下《岁暮》和《四十五》二首诗，感叹自己在现实与岁月面前的无力。

元和十二年（817）春天，白居易在庐山香炉峰与遗爱寺之间建了一座草堂。这座草堂共有三间，前后都有门，东西各有一间屋子，前后有窗。炎热的夏季，打开北面的门窗，就能吹进凉爽的山风；寒冷的冬季，打开南面的门窗，就可以晒到温暖的阳光。

这座草堂，没有任何华丽的装饰，甚至省略掉了许多最起码的修饰。如此简朴的构造，却显得更加朴素雅致。

之后，白居易搬进草堂居住。他虽然仍然心怀失意，却似乎已经有了明显的归隐之意。

于是，这一年，白居易与河南元集虚，范阳张允中，南阳张深之，广平宋郁，安定梁必复，范阳张时，东林寺沙门法演、智满、士坚、利辩、道深、道建、神照、云皋、恩慈、寂然共十七人，从遗爱寺旁边的草堂出发，经过东林寺和西林寺，途经化成寺，登上香炉峰，夜宿大林寺。

大林寺是庐山三大名寺之一，另外两座寺庙分别为东林寺和西林寺。因为大林寺位于庐山大林峰上，因此而得名。大林寺之地，人迹罕至。寺庙周围被清流与苍石环绕，遍地可见短松瘦竹。白居易所游的大林寺，房屋与器具都为木制，寺中僧人皆为海东人。因为山高地深，大林寺所处的时令似乎比外界要晚上一些。白居易游览大林寺的时节正值四月初夏时节，可在寺中感受到的气候，却仿佛二月天一般凉爽。山中的桃花刚刚盛开，小草才刚刚冒出嫩芽，满眼所及的景色，与山外的世界截然不同。刚刚来到此处，白居易恍然觉得这里仿佛是仙人另造出来的一处世界。

因为被山中景色感染，白居易这才创作出《大林寺桃花》一诗，并深深赞叹"此地实匡庐间第一境"。

在《大林寺桃花》一诗的首句，白居易便写道："人间四月芳菲尽，山寺桃花始盛开。"一开头，诗人便交代了自己所处的时间和地点。大林寺，位于庐山大林峰，是中国佛教圣地之一，相传为晋代僧人昙诜所建。

诗中所说的"人间"，并非是天上与地下之分，而是指庐山下的平地村落。所谓"芳菲"，便是盛开的花朵，也是花草盛开的阳春之景。而"芳菲尽"，便是指花期尽了，花朵凋谢。

"始盛开"，说的是大林寺的桃花，才刚刚开始绽放。只此一句便可知道，山中的气候与外界截然不同，仿佛迟了一个季节。人间四月，山外的春花都已尽数凋零，唯有高山古寺之中的桃花，才刚刚迎来花期。

这是诗人万万没有想到的一种奇遇。他从未想过，在孟夏时节，还能再一次收获满眼的春景。寺中那一片刚刚盛开的桃花，真是上天赐予诗人的一份意外惊喜。

"芳菲尽"与"始盛开"的鲜明对比，也间接透露出自己内心的情感。

在来到大林寺之前，白居易还是愁绪满怀的，却因为一片始料未及的春景，猝不及防之间冲入他的眼帘，让他与一份惊喜不期而遇。此时此刻，他的一颗心也像寺中的桃花一般怒放了。这样的奇遇与美景，让白居易觉得自己仿佛突然闯入了某个仙境。这里与"人间"的景色完全不同，一花、一草、一木，都给诗人置身于另一个世界的感觉。

"长恨春归无觅处，不知转入此中来。"所谓"长恨"，便是常常感到惋惜。"春归"，是春天回到了原本属于它的地方，也就是离开了人间。一个"觅"字，道尽了诗人对春景的留恋。

最后一句中的"不知"，并不是"不知道"的意思，而是指"没有想到"。"此中"，便是此时此刻诗人所在的地方，也就是庐山中的大林寺。

透过诗句足以看出，因为春光逝去，却无处寻觅，诗人感到无比怅恨。他感叹春光匆匆，无法停驻，甚至心生恼怒与失望之情。却未曾料想，大好的春光离开人间之后，竟然转到了这里来。从简短的字句当中，能够明显体会到诗人的兴奋与喜悦。

如此奇妙的景色，一下子让白居易展开了想象的翅膀。他是那样喜欢春景，对春景又是那样迷恋。此时此刻，他觉得是自己错怪了春，因为它并未归去，只不过在与世人捉迷藏，悄悄地换了一个地方而已。

虽然这首诗的题目叫作"大林寺桃花"，但是，这里的"桃花"，其实是在指代春光。在白居易的笔下，春光是那样可爱，并且，他还用拟人的笔法，让人觉得春光是有脚可以自如行走的，想要走去哪里便走去哪里。春光的性格，也如同孩童般顽皮可爱，又是那样天真美好。诗人的情绪正是被春光的可爱与单纯所触动，因此才能将春光描写得如此活灵活现。

事实证明，诗人并没有对世间万物都心死。他的心底，还是保持着孩童般的纯真，所以才能写出如此生动的诗句。

虽然整首诗只有短短四句，也并没有任何深奥之处。然而，诗人却通过对山中景物气候与平地的不同的描写，便让一首平淡自然的小诗变得如此富有情趣和童真。

如今，大林寺虽然已难觅踪影，但是桃花却依然有径可寻。从九江市南线行至牯岭，循着牯岭大林路一路前行，十余分钟便可以来到如琴湖（当地人名为西湖）。湖的南岸就是白居易当年曾经吟咏过的桃花径。在当年的大林寺周围，种植了许多花木果树，大林寺西侧还种有两株当年西域僧人带来并亲手种植的娑罗木宝树。

只不过，与当年白居易所见的桃花径相比，如今的花径已经小了许多。因为随着时光流转，地势变迁，当年的一些山峰，在地壳运动的变化中已经变为平地。虽然花径变小，但当年的大林寺，对于现代佛教的兴起，却有着历史性的影响。

只可惜，到了1961年，因为兴修水利，动工开挖西湖，大林寺最终淹没于湖中。

世人也只能通过这首名垂千古的诗作，对大林寺进行瞻仰，以作怀念。

滕王阁·闲云潭影日悠悠

　　每翻阅一卷唐诗，仿佛都是在阅读一段与诗人有关的故事。他们的喜怒哀乐，通过简短的诗句，呈现在世人面前。那其中，有浓浓的欢喜，淡淡的哀愁，满满的期望，或是深深的绝望。

　　有关滕王阁的诗作，让人第一个想到的便是王勃的《滕王阁序》，这篇骈文辞藻华丽，韵律优美，成为千古流传的佳作。以至于这篇为诗所创作的序，掩盖了《滕王阁诗》的光彩。这两篇作品，将王勃一生的才华推上了最高巅峰，只可惜却成了他人生中最后的佳作：

　　　　滕王高阁临江渚，佩玉鸣鸾罢歌舞。
　　　　画栋朝飞南浦云，珠帘暮卷西山雨。
　　　　闲云潭影日悠悠，物换星移几度秋。
　　　　阁中帝子今何在？槛外长江空自流。

　　这首诗创作于唐高宗上元二年（675），为庆祝滕王阁新修成，都督阎伯屿于九月九日在滕王阁大会宾客，席间，王勃才思泉涌，挥笔写成这一篇传世名作。

当时的王勃，正准备去交趾国（今越南）探望自己的父亲，当途经南昌，便听说阎都督即将在滕王阁宴请众人，许多文人、官员都在受邀之列。百姓们纷纷猜测，到时候，宴会现场一定会热闹非凡。

无意当中，王勃还听说一件事。有人说，阎都督刚刚得了一个女婿，希望在文人和官员中给女婿一次展露才华的机会。阎都督的女婿早就准备好了一首要在宴会当天"创作"的诗，希望到时露一露脸，能博得众人的喝彩。

世人皆知阎都督的心思，即使到了宴会当天，想必也不会有人不给阎都督面子。然而，在耿直的王勃看来，这却是一个让自己好好展示才华的机会。于是，他立刻决定要到滕王阁赴宴，与阎都督的女婿一决高下。

滕王阁原本是唐太宗李世民的弟弟李元婴为了满足自己玩乐的需求而建的。李元婴骄奢淫逸，品行不端，一生没有留下任何政绩。不过，作为初唐时期的风流王爷，潇洒倜傥，喜爱音乐、舞蹈，能画一手好画。为了满足自己歌舞享乐的需要，这才修建了滕王阁。贞观年间，李元婴曾被封于滕州故为滕王，滕王阁因此得名。

重阳节这一天，王勃乘船顺利抵达，出现在了滕王阁宴会上。只见那场面热闹非凡，文人雅士高朋满座、人才济济。阎都督坐在正中，一眼就认出了大名鼎鼎的才子王勃。原本王勃并不在受邀之列，既然他主动登门，阎都督自然热情地将他招呼进来。

席间，觥筹交错，阎都督提议，希望有人能够即兴创作一篇文章来记下当天宴会的盛况，写得最好的那个人，将被赏赐百两黄金。众人虽然纷纷叫好，但也心知肚明阎都督的用心。因此，并没有人主动上前"应战"。

刚刚经历过牢狱之灾的王勃，此时正囊中羞涩，又要远赴交趾国去探望父亲。更何况，年轻气盛的王勃，头脑简单，疏于人情世故，只一心想夺魁。既然说好了比拼，那就应该拿出自己的真才实学。

侍者端着笔墨纸砚，如同走过场一般，轮番送到每位客人面前。大家也都心照不宣地婉拒，并不打算真的作诗。没想到，当走到王勃面前时，他竟然接过了纸笔，一时间，宾客们在一旁窃窃私语，不是说王勃不识抬举，就是说他想要自取其辱。

阎都督的眼神中已经流露出愤怒的神色，王勃却满不在乎，并径直走到阎都督面前，说自己需要小睡片刻，才能找到灵感，并请阎都督见谅。

说完之后，王勃竟然真的闭上眼睛，伏在案上小睡过去了。没过多久，王勃醒来。于是，他从容地展纸磨墨，略加思索后，就开始挥笔而书。众人看不清王勃写的是什么，只能看到一支毛笔在纸上不停地飞舞。再看王勃的表情，更是一副胸有成竹的样子。

顷刻之间，一篇不朽名作《滕王阁序》以及《滕王阁诗》便诞生了。当众人读到"落霞与孤鹜齐飞，秋水共长天一色"一句时，再也不敢对王勃流露出半点轻视的神色，就连阎都督都不禁拍案赞赏，心服口服，王勃的才华的确名不虚传，自己的女婿的确是无法与他比较的。

全文共计765字的骈文《滕王阁序》把滕王阁的风景、

宴会的场面以及联想到的人生境遇和抒发的情感写得细致入微、淋漓尽致。整个序文思路清晰、错落有致、辞藻优美、用典精当。

"落霞与孤鹜齐飞，秋水共长天一色。"这一句已成为流芳千古的名句。尤其是在文末，以一首七古《滕王阁诗》作结，更是画龙点睛。

"滕王高阁临江渚，佩玉鸣鸾罢歌舞。""渚"，是指江中的小洲。"佩玉鸣鸾"，是指身上佩戴的玉饰与响铃。

王勃所见的滕王阁，就在赣江的北岸巍然高耸着。当年李元婴在世时，那些贵人们时常身挂琳琅佩玉，坐着鸾铃鸣响的车马，前来参加歌舞宴会。不过，当年那种繁华的场面，如今已经一去不复返了。

当时的王勃，不过是一个二十几岁的青年，但是，他却用了成熟的笔锋，来描画滕王阁的宏观气势。因为滕王阁下临赣江，因此既可以远望，也可以俯瞰。当年建滕王阁的人，虽然是为了满足自己歌舞玩乐的欲望，但毕竟还是留下了一座伟大的建筑。王勃只要闭上双眼，就能想象到当年那种热闹豪华的场面，只可惜，如今的滕王阁，已经空寂了多年，无人来游赏。也许这就如同人生一般，是盛衰无常的吧。

"画栋朝飞南浦云，珠帘暮卷西山雨。"古人将有彩绘的栋梁楼阁称为"画栋"，诗中提到的"南浦"，位于南昌市西南，所谓"浦"，其实是水边或者河流入海的地方。"西山"，即江西南昌的名胜"南昌山"，也称"厌原山""洪崖山"。

南浦飞来的轻云，在早晨掠过滕王阁的画栋，到了傍晚，珠帘又卷起西山阴沉的烟雨。从早晨写到傍晚，从云朵写到山雨，时间和空间的变换，情景交融。光是想象，就已经能够感受到身处其间的美妙。

"闲云潭影日悠悠，物换星移几度秋。"在王勃看来，滕王阁上方的云朵是那样清闲，它们每日无拘无束地四处游荡，好似从不知道什么叫作烦恼。漫长的岁月在缓慢地流走，经年累月之间，才让景物发生斗转星移的变迁。

"物换星移"，是在形容时代的变迁，万物的更替，甚至四季景物的变化。时光推移着景物的变迁，转眼就是数个寒暑过去。

因为滕王阁已经许久无人游赏，阁内的画栋珠帘虽然精美，却也遭受了冷落。还好有南浦的云与西山的雨，与其朝朝暮暮相伴。同时，也描绘出高高的滕王阁所处的现实美景。

"闲云"与"潭影"，一个在天上，一个在水里，站在滕王阁中，一个需要仰视，一个需要俯视，空间变换，无论从任何角度看，滕王阁都是美的。

"阁中帝子今何在？槛外长江空自流。""帝子"，即修建者李元婴。"槛"指栏杆。

当年修建滕王阁的李元婴，如今早已不知身在何处。只有栏杆外的长江之水，空自向东流淌，日夜不息。

"帝子"已逝，而"长江"却会永远地奔流下去。

整首诗的每一个字，描写的每一个景，都不显得累赘，它们都是在围绕着滕王阁这同一个中心而存在。

说到《滕王阁》一诗的最后一句，还有一个有趣的故事。虽然不一定是真实的历史，但是足以显示出王勃的才华与洒脱个性。

当时，有人怀疑王勃这篇才华横溢的《滕王阁序》是从别处抄袭而来的，甚至还有人说，自己在某个地方看到过与之相同的文字。为了证明自己的文字不是抄袭而来，王勃便在《滕王阁序》的后面附上了这首《滕王阁诗》。

诗的最后一句，王勃写成了"槛外长江自流"。他特意留下了一个字的空白，之后便放下纸笔，转身离开。

众人捧着这首诗端详了许久，纷纷猜测这一处空白究竟应该是什么字。有人说应该是"竟"字，也有人说应该是"独"字。猜测了半天，阎都督还是决定，亲自找王勃来问一问。

于是，阎都督派出手下去追赶王勃。当王勃得知对方的来意，索性坐在原地。他告诉来者："回去告诉阎大人，一字千金，我在此等候。"

阎都督虽然气愤，却又实在想要知道这究竟是什么字，只好让侍者带着银两再去找王勃。王勃接过银两，让侍者将手摊开，拿起一支笔，在上面胡乱写了两下，又将侍者的手合上，让他攥紧拳头，回去向阎都督复命。

当侍者回到滕王阁，摊开手掌，众人发现手上竟然空空如也。众人以为王勃是在戏弄大家，还是阎都督忽然悟出了其中的真谛。他大笑着说，侍者的手上空空如也，可不就是一个"空"字吗？

众人这才反应过来，连连称赞王勃字字珠玑，褪去了华丽的辞藻与奢靡的诗风，更称这首《滕王阁诗》是扭转大唐不正诗风的佳作。

滕王阁造就了王勃，王勃也成就了滕王阁。

王勃所写的滕王阁景色是指修建在南昌的滕王阁。其实，在修建南昌滕王阁之前，李元婴曾被封于滕州（今山东滕州），故为滕王，于是，他于滕州筑一阁楼名以"滕王阁"。后来李元婴被调任江南洪州（今江西南昌）之后，因为思念故地滕州，这才又修建了一座滕王阁，此阁因王勃一首"滕王阁序"为后人熟知，成为永世的经典。公元679年，李元婴改任隆州（今四川阆中）刺史。在阆中，他在嘉陵江畔的玉台山腰建起了一处规模宏大的行宫，这就是杜甫诗篇中的阆中"滕王阁"。

在一千多年的历史当中，滕王阁屡次遭到毁坏，先后历经29次重建，这才有了如今的样貌。

滕王阁的主体建筑，为宋式仿木结构，这样的结构再加上背城临江的位置，更加能衬托出滕王阁雄伟的气魄。滕王阁的主体一共有九层建筑，其中三层明，七层暗，还有两层底座。主阁南侧是"压江亭"，北侧是"挹翠亭"。两座亭与主阁相接，主体建筑丹柱碧瓦，画栋飞檐，斗拱层叠，门窗剔透。整座滕王阁的立面，看似一个"山"字，而平面则如同一只展翅欲飞的大鲲鹏。

滕王阁的内部，已经如同一座艺术博物馆。一座大型汉白玉浮雕《时来风送滕王阁》就陈列在第一层的正厅，浮雕中表现的就是王勃当年创作《滕王阁序》时的场景。

在第二层的正厅，陈列着一幅大型工笔重彩壁画《人杰图》，从秦代至明代的八十位江南名人都展现在壁画之上。与之相映衬的，还有陈列在第四层的《地灵图》，这是在展现江西的山川精华，与《人杰图》堪称双璧。

滕王阁的第五层，便是凭栏远眺的最佳处所。苏东坡手书的《滕王阁序》就挂在这一层。可以说，每一层都有一个与滕王阁相关的主题，滕王阁不愧有着"西江第一楼"的美誉。

历朝历代文人雅士们以滕王阁为歌咏主题的诗作数不胜数，其中不乏张九龄、白居易、杜牧、苏轼等文化大家对滕王阁景色的描写和赞颂。

"落霞与孤鹜齐飞，秋水共长天一色。"站在高高的"滕王阁"上，俯瞰滚滚奔流的长江之水，跟着王勃的思绪一起回到那个浪漫的年代。

第五章

筑梦杭州

西湖·湖上春来似画图

上有天堂，下有苏杭。这样的文字，在太多的文学及影视作品中都曾被提及。没有到过苏杭的人，无法单凭想象去领略能与天堂媲美的如画之景，尤其是杭州的西湖，不同的时节，总是能变幻出不同的姿态。就连一天中的不同时刻，都有着不同的韵味。"欲把西湖比西子，淡妆浓抹总相宜"，就是对西湖美景最好的诠释。

自古以来，西湖便是杭州的灵魂所在。有位古人曾说，"天下西湖三十六，就中最好是杭州"。在古代，神州大地曾同时分布着36个西湖，但是大家认为，其中最美的就是杭州的西湖了。西湖四时有花，四季景色不同。春天有嫩绿的柳条、艳丽的桃花，夏日里有接天莲碧的荷花，秋夜中浸透着桂花的香气，冬雪后疏影横斜的红梅立在断桥边。

西湖三面环山，一水抱城。总面积约6.39平方公里，东西宽约2.8公里，南北长约3.2公里，绕湖一周近15公里。

唐代诗人白居易，在自己的《春题湖上》一诗中描绘西湖的美景。他笔下的西湖，是一幅春日的画卷。都说春日是西湖最美的季节，白居易也的确在诗中将西湖的春景勾勒得惟妙惟肖：

湖上春来似画图，乱峰围绕水平铺。

松排山面千重翠，月点波心一颗珠。

碧毯线头抽早稻，青罗裙带展新蒲。

未能抛得杭州去，一半勾留是此湖。

创作这首诗时，白居易已经五十多岁。长庆二年（822），他由中书舍人改任杭州刺史，巧合的是，这次赴任所走的道路，刚好是当年被贬江州（今江西九江）时走的那条路。不过，白居易此时的心情，已经与当年被贬之时截然不同了。直到长庆四年（824）五月才离开杭州，调任太子左庶子一职。《春题湖上》就是白居易在离任那一年春天所作。

去杭州赴任的一路，白居易沉迷于沿途的景色，时不时地以诗酒作为点缀，无比悠然自得。途经江州，白居易又在香炉峰下的旧居"遗爱草堂"住了一夜，便又继续赶路。一直行走到那一年的十月一日，白居易才终于进入杭州城。

杭州自古以来山清水秀，从唐代时起，就是东南大郡。白居易深感自己责任重大，一刻都不敢懈怠。他眼中的杭州，既不冷清也不热闹，一切都是那样刚刚好。经历过人生大起大落的白居易，此时的心态已经十分平和。如今又获得一个远离朝廷、无拘无束的职位，他觉得此刻的自己完全可以用"身安闲""心欢适"来形容。

在杭州的这段日子，是白居易人生中十分快乐的时光。他多么希望能在杭州多做几年官，只可惜按照朝廷的规矩，只准他在杭州就任三年，这也是白居易的一大遗憾。

担任杭州刺史，政务自然繁忙。不过在闲暇之时，白居易也喜欢同一众好友闲游畅饮。走入仕途近三十年，白居易还如同当年一般出淤泥而不染。他的身上没有沾染一丝官场中的不良习气，甚至没有一点为官之人的架子，无论对待任何人，都是以礼相待，将对方当作朋友。

忙于政务之余，白居易最喜欢做的事情就是呼朋引伴，游遍杭州的每一处胜景。他喜欢美丽的钱塘湖，也就是西湖。那里的湖光山色，总是能引得他诗兴大发，也留下了许多脍炙人口的优美诗篇。

杭州也是一个音乐歌舞之乡，这也正满足了白居易的业余爱好。因此，他的闲暇生活，大部分都在杭州的美景、音乐与歌舞当中度过了。

刚刚来到杭州那一年的六月，正逢江南干旱。身为杭州刺史，白居易四处求雨，却依然滴雨未下。他决定，依靠人的力量，兴修水利。于是，白居易动用了大量人力、物力、财力，展开了一场增修湖堤蓄水活动。仅仅用了几个月的时间，便修筑了一条从钱塘门石函桥至余杭门之间的大堤。白居易还亲自撰写了一篇《钱塘湖石记》，让石匠刻在碑上，立于堤头。

担任杭州刺史期间，白居易不仅处处为百姓考虑，做出许多造福百姓的功绩，同时，他为官清廉，受到当地百姓的爱戴。

长庆四年（824），白居易在杭州三年任期已满，接到了回京供职的诏命。临行之前，他再一次来到杭州西湖，想要与这美丽的人间天堂做一次告别。

徜徉于西湖畔，梦幻的美景让白居易有太多的留恋与不舍。想到即将离开，一阵淡淡的哀愁袭上心头，于是便有了这一首《春题湖上》。

"湖上春来似画图，乱峰围绕水平铺。"这里所说的"乱"，并不是杂乱，而是纷乱。因此，"乱峰"，并不是一派凌乱之景，而是形容西湖周围的山峰很多。杭州西湖三面环山，南高峰、北高峰、葛岭等，如同健壮的卫士，守护着温柔的西湖。

春天，是白居易最喜欢的季节。春天的西湖，美得就像一幅图画一样。群峰环绕着平静的湖面，站在这样的湖畔，诗人的心仿佛也这样静了下来。

之所以说西湖的春日景色"似画图"，是因为此时的湖面有着浓重的色彩，仿佛一幅彩色丹青勾勒出来的画卷。因为在这里生活了三年，白居易对杭州西湖有着浓烈的感情。因此，在离别之际，西湖的景色在他的眼中也被涂上了一层更加绚烂的色彩。

早在孩童时期，白居易便心存志向，要去杭州做官。因此，担任杭州刺史，对于白居易来说是多年的心愿终于得偿。这三年，白居易的内心时刻都保持着愉悦的状态，对于杭州，他也有着割舍不断的眷恋和深情。仅仅是西湖一处，白居易就写了好几首歌咏它的诗词，如《钱塘湖春行》《忆江南》以及这首《春题湖上》。

"松排山面千重翠，月点波心一颗珠。"因为岸边的松树众多，整齐排列，诗人在这里才用了一个"排"字。层层翠色映入眼中，是那样浓郁的色彩。月亮渐渐升起，皎洁的月光在湖心中投下一轮倒影，仿佛是湖波中心的一颗明珠。

"碧毯线头抽早稻，青罗裙带展新蒲。"刚刚抽出的早稻，一片绿油油的颜色，仿佛是绿色毛毯的绒线头。西湖上生长着一种名叫香蒲的水草，在湖面铺展开来，仿佛是少女青色罗裙的飘带一般。

这两联也是全诗中最精彩的部分。诗人的笔调，写到这里，变得更加优美，一连串的比喻也显得十分精妙。西湖的旖旎春光，就这样缓缓铺陈开来。

绿如翡翠的松树；亮如明珠的明月；细短如碧毯线头的秧苗；飘逸如罗裙长带的蒲叶。西湖上看似最平常的景色，在白居易的眼中是那样美好和珍贵，对于西湖的春光，是发自内心的珍惜与爱恋。

"未能抛得杭州去，一半勾留是此湖。""抛得"和"勾留"二词，道出了自己不愿离开杭州到别处去的原因，主要是因为对西湖的眷恋之情。

因为用情至深，白居易的这首《春题湖上》才显得更加别有情致。尤其是最后一联，流露出深深的不舍，"一半勾留"，该是怎样的留恋，才让诗人将自己对杭州一半的眷恋，都归结到西湖身上。

整首诗情与景完美地交融，也将一幅西湖春日美景图呈现在读者面前。

诗人虽然在描写西湖之景，却没有流于俗套地只将笔墨停留在山水层面上。他展开了丰富的想象，以形象的比喻，将西湖美景描绘得更加生动。就连湖边的农作物与植物，也能被他比喻成"碧毯"与"裙带"。

白居易虽然身为官员，却对这些农作物并不陌生。对于杭州百姓，他向来关怀备至。农作物的生长优劣，也关系到当地百姓的生活。因此，关心农作物的生长，也是对百姓的一种体恤。杭州之所以能被称为人间天堂，其中也有诗人的一份贡献。

在杭州任职期间，他解决了从西湖引水灌溉农田的问题和百姓的饮水问题。

那时，杭州一带的农田经常受到旱灾威胁，百姓恳求当地的官吏放西湖之水灌溉农田，官吏们却以鱼虾无法生存、水中植物无法生长为由拒绝这一建议，白居易一针见血地反驳他们："鱼龙与生民之命孰急，菱茭与稻粱之利孰多。"（见《全唐文》）于是，他排除万难和非议，发动民众搞起了水利工程。他建堤筑坝，增加了湖水容量，解决了数十万亩农田的灌溉问题。同时，为了合理地利用水源，还制定了一系列科学的制度和举措。

那时，杭州另一个令人头疼的问题就是土地的碱性很重，地下水不能饮用，淡水资源不足，居民饮水成为难题。其实，唐德宗时，杭州刺史李泌曾在杭州城内开凿过六口井，引西湖水入井，使居民有了淡水可以饮用。但到白居易任时，由于已经过去了近十四年的时间，有些井已经淤塞无法正常使用了，于是白居易又带领民众疏浚了通道和六井，百姓又能喝上淡水了。

来杭州担任刺史之前，白居易经历了贬官生涯，之后又在长安担任中书舍人。可以说，来杭州之前的为官生涯，白居易面对的都是国事日荒、民生益困的局面。为此，他也屡次上书向朝廷谏言，可惜终究还是没能被采纳。

他眼睁睁地看着朝中的官员纷纷结成朋党，互相排挤，互相倾轧，大唐王朝在一步步地走向危亡。在这样的环境里，白居易一天都不愿多待。他主动要求外任，这才拥有了一个在杭州为官的机会。

对于白居易来说，无论是在京城做官，还是归隐山中，都不如在杭州做官闲忙得当。这正是他想要的生活节奏，政事虽多，却完全能够应对，闲暇时光，还有大好的湖光山色可以欣赏。在杭州的每一天，白居易都乐在其中。所谓天堂，不过如是。

只可惜这份浩荡皇恩只有三年，无论对杭州如何恋恋不舍，终究还是要离开。

长庆四年（824）六月下旬，白居易终于要告别让自己万般不舍的杭州了。白居易在杭州三年，把西湖整治得水绿山青，大批农田受益，地方上渐渐富庶起来。

然而，百姓却深深记着白居易为他们所做的一切。白居易离开之后，杭州百姓把白居易在旧钱塘门外的石函桥附近主持修筑的湖堤称作"白公堤"。历经岁月的变迁，那条堤早已无处可寻了。今天，横亘于西湖东西向的这条堤，叫"白沙堤"，它东起断桥，经锦带桥止于平湖秋月，全长1公里，是孤山和北山的纽带。这条堤虽不是白居易所建，但是杭州人民为缅怀这位对杭州做出杰出贡献的大诗人，遂把它命名为"白堤"。

一年四季，西湖都有看不完的美景。除了白居易在《春题湖上》中写到的景色之外，如今的西湖有100多处公园景点，包括三秋桂子、六桥烟柳、九里云松、十里荷花景观、

"西湖十景""新西湖十景""三评西湖十景"。其中最著名的当属形成于南宋时期的"西湖十景"——苏堤春晓、断桥残雪、曲院风荷、花港观鱼、柳浪闻莺、雷峰夕照、三潭印月、平湖秋月、双峰插云、南屏晚钟。西湖有历史悠长的文化积淀,她的一物一景都有历史印迹,都富有人文色彩。《白蛇传》《梁山伯与祝英台》《苏小小》等民间传说和神话故事都与这"十景"有着联系。可谓名自景始,景以名传。可以说,西湖不仅是一个自然湖,更是一个人文湖。

西湖之景,如同画卷一般。沿湖地带绿荫环抱,秀美的林泉与幽深的溪涧穿插在群山之间,浸染着诗意的灵魂。明代书画鉴藏家汪珂玉在其《西子湖拾翠余谈》中曾经这样评说西湖:"西湖之胜,晴湖不如雨湖,雨湖不如月湖,月湖不如雪湖,能真正领山水之绝者,尘世有几人哉!"无论春夏秋冬,无论阴晴雨雪,无论昼夜朝暮,西湖都有着不同的美。

西湖作为杭州的城市象征,江南山水的代表,展现了中国秀美山水的迷人韵味,从古至今,西湖都是无数文人墨客趋之若鹜的地方!白居易、苏东坡、柳永等诗词大家留下有关西湖传世名作。杭州这座城市的美名早已随着诗人的诗飞向了大江南北,飞向了全世界。

七百多年前,一位来自威尼斯的旅行家马可·波罗来到了中国,当游览杭州时,给出这座城市"天堂之城"的美誉。

京杭大运河·锦帆应是到天涯

　　如果用一颗简单的心去欣赏这个世界，那么这个世界的一切景色都是澄净而又美好的。将生活过成一首诗，需要用一颗简单的心去看待生活。简单二字，也就铺成生命的底色。

　　诗人用清淡的笔墨书写着自己的流年，也用浓重的情感抨击着世俗的险恶。唐代诗人李商隐，一个晚唐时期为数不多的刻意追求诗美的诗人。他总是能用新奇的构思与秾丽的风格将爱情的诗篇书写得缠绵悱恻，也能用借古讽今的笔调对统治者的荒淫和无能进行辛辣的讽刺和嘲弄。

　　《隋宫》一诗，是李商隐在晚年创作的。虽然青春不再，但他对世俗的愤恨却并没有随着韶华的流逝而磨灭：

> 　紫泉宫殿锁烟霞，欲取芜城作帝家。
>
> 　玉玺不缘归日角，锦帆应是到天涯。
>
> 　于今腐草无萤火，终古垂杨有暮鸦。
>
> 　地下若逢陈后主，岂宜重问后庭花。

　　这首诗大约创作于唐宣宗大中十一年（857），当时李商隐因大臣柳仲郢推荐，担任盐铁推官，于这一年游江东。

早在大中五年（851），柳仲郢因为政绩颇佳，由河南尹转调梓州（今四川三台县）刺史。柳仲郢的儿子柳璧与李商隐有很深的交情，因此，柳璧建议李商隐离开国子监，到其父亲的幕府中。

得到李商隐的应允之后，柳璧立即回家向父亲请求邀李商隐入幕，柳仲郢立刻同意了。

就在李商隐准备入川之时，缠绵于病榻多年的妻子王氏病故。妻子的离去让李商隐悲痛万分，如同丢了半条命一般。就这样，一直等到那一年的十月，被任命为西川节度使的柳仲郢终于从蜀地派人送来哀悼问候的书信，同时又送来三十五万钱，催促李商隐尽早入蜀，并安排给他参军的职位。

深知柳仲郢的一番好意，李商隐也决定尽早离开这个让自己伤心的地方。于是，他终于启程，赶往蜀地。

一直到大中九年（855）岁末，柳仲郢被朝廷调为吏部侍郎，梓州幕府这才解散。李商隐也随着柳仲郢离开梓州，来到长安。短短两年之后，柳仲郢被罢诸道盐铁转运使，改任以兵部侍郎充诸道盐铁使。刚刚大病初愈的李商隐，也被起用为盐铁推官。

晚唐时期的盐铁中心，一处是在东南的扬州，一处是在四川的益州。柳仲郢的任所设在扬州。

大中十一年（857）的暮春时节，李商隐来到扬州。晚唐时期的扬州，已经发展成为东南的大都会。一条大运河流经此处，让这里的交通更加便利，经济异常繁荣。因此，扬州也成为文人荟萃之地。

李商隐担任的盐铁推官，是个闲散官职。因为大病初愈，他的身体还十分虚弱。好在这份闲职给足了他养病的时间，还能借着职务之便，到江东各地巡视，游览苏州、金陵、杭州等地。

这首《隋宫》，便是李商隐在巡游京杭大运河时所作。京杭大运河是隋炀帝下令开凿的。隋炀帝一生，不务国事，奢侈昏庸，臭名昭著，开凿这条2000多里的大运河，就是为了方便自己从洛阳乘船到江都游玩。为了游幸杭州，他还特意命人开凿了800里的江南河。在沿河地带，他广建行宫，搜刮民脂民膏，引得百姓怨声载道。

隋炀帝在位十四年，共三次巡游江都。他率领诸王、百官、后妃、宫女等一二十万人，船队长达200余里，所经州县，500里内都要贡献食物，挥霍浪费的情况十分严重。

站在大运河边，李商隐仿佛透过隋炀帝的荒淫无度，看到了国家的兴亡。他希望，能通过这样一首讽刺前朝的诗，来警醒当世的当权者。

"紫泉宫殿锁烟霞，欲取芜城作帝家。"标题中的"隋宫"，指的是隋炀帝杨广在江都（今江苏扬州）所建的行宫。《舆地纪胜》："淮南东路，扬州江都宫，炀帝于江都郡置宫，号江都宫。""紫泉"，当时都城长安的一条河，此处代指国都长安。紫泉宫殿，指国都长安的宫殿。"锁烟霞"指宫殿被云雾缭绕的样子。"芜城"，古城名，即今江苏扬州。"帝家"，京都，亦用以指皇宫。

诗人在遥想当年，长安的皇宫里，千万间寝宫空空如也，皇宫被烟雾缭绕着。可是，骄奢淫逸的隋炀帝杨广不满足于此，又想在繁华的江都修建一座更加豪华的宫苑。

通过首联，读者就能够感受到长安宫殿的高耸入云和雄伟的气势。为后文描写隋炀帝的私欲和骄奢作铺垫。即便是这样一座巍峨的宫殿，也没能让隋炀帝满足。

诗人并没有在诗中直接写出"长安"二字，而是用"紫泉"代替。这个词也让人眼前出现梦幻的色彩，与下一句的"烟霞"之色相互映衬。

巍峨的宫殿只能空锁于烟霞之中，隋炀帝却更愿意住在芜城的宫殿里。

"玉玺不缘归日角，锦帆应是到天涯。""日角"，指的是额骨中央隐隐隆起的部分，形状如日；额头中央即左右两眉毛正中间的上方部位，该部位高耸有气势、上插发际，旧时相术家认为是帝王之相。东汉人郑玄《尚书中侯》注："日角谓'庭中骨起状如日'。"《后汉书·光武帝纪上》："身长七尺三寸，美须眉，大口，隆准，日角。"此处喻指唐高祖李渊。《旧唐书》载："隋受禅，补千牛备身。文帝独孤皇后，即高祖从母也，由是特见亲爱，累转谯、陇、岐三州刺史。有史世良者，善相人，谓高祖曰：'公骨法非常，必为人主，愿自爱，勿忘鄙言。'高祖颇以自负。""锦帆"，指的是锦制的船帆。此处亦指隋炀帝所乘的船装饰得十分华丽。据说仅仅是自洛阳到江南的大船，就有五百艘之多。据说，锦帆过处，香闻百里。

这一联，是诗人对于历史的一段感慨。当年如果不是李渊得到了传国玉玺，建立大唐王朝，说不定隋炀帝的龙舟还会游遍天涯。的确，以隋炀帝的个性，仅仅是游幸江南怎么可能满足？他龙船上的锦帆，一定还会飘到天涯海角，普天之下的百姓，都会在他的骄奢淫逸之下苦不堪言。

在世人心中，隋炀帝是一个贪图享乐的皇帝。他乘船出游这件事，也是天下人皆知。在李商隐看来，这是多么值得讽刺的一件事。身为一个皇帝，不为天下苍生着想，只知道自己享乐，这样的皇帝，难怪会让玉玺落到他人手中。

在这一联，诗人采用了虚实结合的手法。隋炀帝在历史上确有其人，贪图享乐也确有其事，只不过，诗人在某些细节上进行了艺术性的夸大，并糅合进自己的艺术想象，让人们在沉浸于幻想中的画面的同时，能够深切地感受到一个丧国之君的行为是多么可耻而又可悲。

"于今腐草无萤火，终古垂杨有暮鸦。"古时误认为萤火虫是由腐烂的草变化而成。腐草为萤的意思是腐草能化为萤火虫，是中国古代的传统说法。西晋人崔豹《古今注》载："萤火，一名耀夜，一名景天，一名熠耀，一名丹良，一名磷，一名丹鸟，一名夜光，一名宵烛。一作灯。腐草为之，食蚊蚋。""腐草无萤火"，是说隋炀帝已经把萤火虫都搜光了，如今再也难寻。

隋炀帝杨广不只在洛阳放了数斛萤火虫，在江都也曾经放萤取乐，还专门修了一座"放萤院"。

《开河记》中曾经写道："诏民间有柳一株赏一缣，百姓争献之。又令亲种，帝自种一株，群臣次第种栽毕，帝御笔写赐垂杨柳姓杨，曰杨柳也。"当年，隋炀帝在下令建大运河时，命人在河畔修筑御道，并栽种了1300里的柳树，名曰隋堤。诗中所提到的"垂杨"，便是指当年被隋炀帝命名为"杨柳"的这些柳树。

诗人通过这一句，依然是在讽刺隋炀帝当年的荒淫无道。如今隋朝的宫苑里面，早已不见萤火虫，只剩腐草，还有低垂的杨柳和归巢的乌鸦。

萤火与腐草，垂杨与暮鸦，一个依然存在，一个无处可寻。诗人是在进行一种鲜明的对比，希望当朝的当权者吸取隋炀帝荒淫亡国的历史教训。当年，隋炀帝放萤火虫的地方已成一片废墟，只剩腐草，亡国之后的凄凉场景，被一句"终古垂杨有暮鸦"渲染得淋漓尽致。

"地下若逢陈后主，岂宜重问后庭花。"诗中所说的"陈后主"，指的是南朝陈末代皇帝陈叔宝。他穷奢极欲，沉湎声色，与隋炀帝一样，也是一个荒淫亡国之君。"后庭花"，指的是陈后主所创作的《玉树后庭花》，里面的歌词十分绮艳。传说陈灭亡的时候，陈后主正在宫中与姬妾孔贵嫔、张丽华等众人玩乐。因此，《玉树后庭花》被称为"亡国之音"。

关于这句诗，还有一个带有神话色彩的故事。据《隋遗录》记载，隋炀帝在江都时期，昏庸无道，时常被妖精邪祟迷惑。一次在游幸吴公宅鸡台时，恍惚之间仿佛与陈后主相遇。陈后主有数十个舞女，其中一名舞女容貌美丽异常，隋炀帝屡次忍不住将目光落在那名舞女身上。陈后主告诉隋炀帝，这名舞女名叫丽华。于是便请丽华舞一曲《玉树后庭花》，丽华随着音乐翩翩起舞，一直舞到音乐声止，才算结束。

在传说中，隋炀帝与陈后主不期而遇，其实，不过是隋炀帝杨广的一个梦而已。李商隐却想知道，当隋炀帝在地下见到陈后主，难道还会有心情去欣赏那曲淫逸辱国的"后庭花"吗？

最后一联，充满了反诘的语气，直到此刻，批判隋炀帝荒淫亡国的主题才终于深刻地揭露了出来。世人都将《玉树后庭花》批判为"亡国之音"，诗人在末句又刻意着重提及，并以一句反问作为全诗的结尾，引来读者无限的回味。

李商隐希望，借隋炀帝荒淫亡国的史实，劝导当今皇上认清政局的现实，从隋炀帝身上吸取教训，挽救大唐王朝的颓势。

京杭大运河给唐朝的历史画上了一道重重的伤痕，却给后人留下了一段流动的历史。如今的京杭大运河是世界上里程最长、工程最大的古代运河，纵贯南北，它起始于北京，终于杭州，途经天津、河北、山东、江苏、浙江等省。大运河连接了中国两条最长的河流——黄河和长江，总长1794公里。这项伟大工程是中国古代劳动人民集体智慧的结晶。

早在春秋时代，吴国为了讨伐齐国，开始开凿运河，直到隋炀帝登基之后，开始大幅度进行扩修，并一直贯通至都城洛阳。到了元朝年间，又对大运河进行翻修，并放弃洛阳，直至北京。漫长的岁月里，经历三次较大的兴修过程。最后一次的兴修完成才称作"京杭大运河"。

如今，京杭大运河已奔流了两千五百多年。特别是京杭大运河杭州段运河景观，令人心旷神怡、赏心悦目，美不胜收。站在运河岸边，望着古老而又具有现代气息的城池、一艘艘往来航行的船只……一切都恍如隔世，渺如云烟。

时至今日，大运河仍在汩汩流淌，它承载着伤痛的记忆，见证了无数朝代的兴衰起落，却也绽放出了更顽强的生命力量。

钱塘潮·怒声汹汹势悠悠

　　曾经以为，能用诗词抒发内心情怀的古代才子，必定都经历过人生的大起大落的，或是在仕途上披荆斩棘，或是看透了政治的残酷与现实。

　　其实，能写下传世之作的才子，并不一定要在官场有所历练，就如同唐代才子罗隐，一生屡试不第，却以出众的文采，留下了千古名诗《钱塘江潮》。

> 怒声汹汹势悠悠，罗刹江边地欲浮。
> 漫道往来存大信，也知反覆向平流。
> 任抛巨浸疑无底，猛过西陵只有头。
> 至竟朝昏谁主掌，好骑颓鲤问阳侯。

　　在唐代的才子当中，罗隐绝对算得上在科举之路上最坎坷的文人之一。大中十三年（859），26岁的罗隐来到京师，应进士试。整整考了七年，依然没能榜上有名。

　　咸通八年（867），罗隐将自己的文章编成一部书，名为《谗书》，书名中饱含着他对统治阶层的憎恶。

　　在此之后，罗隐又断断续续地考了几年，加起来一共考了十几次，终究没能中举。罗隐自称"十二三年就试期"，后人称他为"十上不第"。

黄巢起义爆发之后，罗隐为了避乱，来到九华山隐居，直到光启三年（887），罗隐已经55岁，这才回到故乡杭州，投奔吴越王钱镠，得了一个钱塘令的官职。之后，罗隐又担任过司勋郎中、给事中等官职，直到77岁离开人世。

罗隐的家乡就在杭州，距离钱塘江并不算远。著名的钱塘江大潮，罗隐也曾亲眼得见。这首《钱塘江潮》，便是他被大潮惊心动魄的场面感染之后所作。

"怒声汹汹势悠悠，罗刹江边地欲浮。"诗的第一句，毫无委婉拖沓之意，开门见山地描绘出钱塘江大潮来势汹汹的模样，第一句读罢，如同打开一扇大门，钱塘江的潮水立刻就从打开的大门中汹涌灌入，有一种酣畅淋漓之感。

"汹汹"指的是声势盛大而又凶猛的样子。战国时代的宋玉曾在《高唐赋》中写道："潎汹汹其无声兮，溃淡淡而并入。"同时，"汹汹"也可用来形容声音喧闹。《楚辞·九章·悲回风》中就曾写道："惮涌湍之磕磕兮，听波声之汹汹。"这里指的是钱塘江潮水腾涌、声势浩大的样子。"悠悠"，是形容辽阔无际而又遥远的意思。《诗经·王风·黍离》中写道："知我者谓我心忧，不知我者谓我何求，悠悠苍天，此何人哉？"东晋诗人陶渊明也曾在《饮酒》诗之十九中写道："世路廓悠悠，杨朱所以止。"

"罗刹江"，指钱塘江，古时也称钱唐江。江中有巨石，横截波涛之中。商旅之船到达此处，多因风涛所困而倾覆，如同罗刹夺命一般。罗刹，佛教中指恶鬼，专食人肉。

《慧琳意义》卷二十五中记载："罗刹，此云恶鬼也。食人血肉，或飞空，或地行，捷疾可畏。"因为这块巨石频频夺人性命，世人便称其为"罗刹石"，同时称罗刹石所在的江为"罗刹江"。"地欲浮"，是说地面仿佛也要浮起来一般。这一句是在形容钱塘江大潮的来势猛烈，巨大的响声如同潮水暴发出的怒吼一般，涨起的潮水又高又远，一眼望不到边际。潮水引起的剧烈震动，让钱塘江边的地面也在剧烈晃动，仿佛地震一般，地面也要随着涨起的潮水浮起来一般。

这一句让读者在一开篇就感受到了钱塘江大潮的猛烈，即便从未亲眼所见，也能有身临其境之感，不得不赞叹诗人在描写场景时的逼真与惟妙惟肖。

"漫道往来存大信，也知反覆向平流。"这句诗的含义应该是，不要说钱塘江水来回涨落之间，会发出巨大的声响，与此同时，它也会翻来覆去地朝着平缓之处流去。

所谓"漫道"，是"莫说""不要讲"的意思。唐人王昌龄曾经在《送裴图南》一诗中写道："漫道闺中非破镜，犹看陌上别行人。"宋人陆游也曾在《步至湖上寓小舟还舍》诗中写道："漫道贫非病，谁知懒是真。""往来"，是来去、往返、反复的意思。"存大信"一词，如果按照字面解释，是有大的信誉的意思。可是，在这句诗中，却需要将这三个字拆开来进行解读。"存"，是"存在"，或者"有"的意思；"大"，便是与"小"相反；"信"并非是信誉、信任，而是"音讯"，也就是"声音""响动"的意思。

"反覆"，则取"翻来覆去"之意。"向平流"，则是朝着平缓之处流去。

诗人是在用这句诗描写钱塘江潮水涨落的场景。钱塘江大潮并非一直处于涨潮的状态，它极具动感，时而迅速掀起巨浪，伴随着隆隆的巨大声响，时而缓缓降落，水面归于平静。一动一静之间，给观潮者巨大的视觉冲击力，而罗隐却能够通过短短十几个文字，就将钱塘江大潮的潮起潮落描写得极其逼真，的确可见其深厚的写作功力。

"任抛巨浸疑无底，猛过西陵只有头。"这句诗是在形容钱塘江潮水的深与远。涨潮时，大水被高高地抛起，又狠狠地落下，潮水之深，仿佛深不见底。那猛烈的劲头，几乎漫过了西陵，并且，这才仅仅是潮水的一个头而已。

"任抛"，是任由抛起的意思。"巨浸"，则是指"大水"的意思。唐代诗人骆宾王在《夏日游德州赠高四》诗中写道："鬲津开巨浸，稽阜镇名都。"清人黄景仁在《望泗州旧城》诗中写道："泗淮合处流汤汤，作此巨浸如天长。"宋人范仲淹在《上吕相公并呈中丞谘目》中写道："（太湖）虽北压扬子江而东抵巨浸，河渠至多，埋塞已久，莫能分其势矣。""疑无底"，是形容大水之深，仿佛深不见底。宋人许尚在《华亭百咏·八角井》中写道："浚极疑无底，丰棱定有因。"

"猛"，是形容钱塘江大潮的势头猛烈。"西陵"是古时国名。据《史记·五帝本纪》中记载："黄帝居轩辕之丘，而娶于西陵之女，是为嫘祖。"嫘祖因发明养蚕抽丝、制作衣裳，泽被后世子孙，而被尊称为"蚕神""女圣"。传说，嫘祖的故乡，便是位于汝水沿岸的西陵，也就是如今的河南西平。那里也是远古时代女娲和伏羲氏居住的地方。

诗中提到西陵，是说钱塘江潮水漫延的距离之远，是一种夸张的写法。

虽然诗人在写这句诗时，用了比较夸张的写法，但是，足以让读者去想象钱塘江大潮的势头之猛、水势之大。虽然夸张，却并不过分。

"至竟朝昏谁主掌，好骑赪鲤问阳侯。"诗人在观潮之时，因为潮水势头猛烈，惊心动魄，他的心中也发出了一个疑问：究竟潮水的涨落由谁来掌控？也许自己应该骑上传说中仙人所骑的赤色鲤鱼，到水中去问一问掌管波涛的阳侯之神吧？

"至竟"，即"究竟"。唐人杜牧在《题桃花夫人庙》诗中写道："至竟息亡缘底事？可怜金谷堕楼人。"清人钱谦益在《陆宣公墓道行》中写道："人生忠佞看到头，至竟延龄在何许。"

"朝昏"，原本是"早晚"的意思。南朝人谢灵运在《入彭蠡湖口》诗中写道："千念及日夜，万感盈朝昏。"唐人刘长卿在《至饶州寻陶十七不在寄赠》诗中写道："离心与流水，万里共朝昏。"不过，出现在这句诗中，则指的是潮水的涨落。"主掌"，是主管的意思。

"好"，在这里是一个助动词，是"可以""应该"的意思。"赪鲤"，指的是赤色的鲤鱼。传说中，这是仙人所骑的神鱼，能飞跃江湖。"阳侯"，是古代传说中的波涛之神。

最后一联，是诗人的调侃之语。在观潮之时，他竟然如同孩子一般想要去探究潮水涨落的原因，甚至还联想到传说中的神话人物。不得不承认，人到中年的罗隐，依然还保留着一份孩童般的纯真。

　　其实，罗隐生性便是一个幽默之人，最喜欢借助文字来讽刺现实。对于自己看不惯的人与事，也愿意做一些调侃之事。

　　一次，一群村民正聚在一起闲谈。看到罗隐走过来，就立刻四散跑开了。人们都知道罗隐的个性，生怕他听到自己所说的话，做出一些出格的举动。罗隐看到大家跑开，更加好奇，于是便去询问一个没有跑开的老伯。老伯告诉他，刚才大家是在谈论连年歉收，已经很久没吃到肉了。罗隐听到之后只是一笑，对老伯说：“这有何难？”

　　说罢，罗隐走到道路拐弯的地方，随地大便起来。刚好县太爷从这里经过，见到有人竟敢在路上大便，挡住自己去路，立刻勃然大怒，喝令衙役将罗隐抓起来，打四十大板。罗隐急忙争辩说：“我拉屎关你屁事，吃了再走！”衙役们气得举起棍子就要打，罗隐灵活地往旁边一闪，让衙役扑了个“狗吃屎”。

　　罗隐一面闪躲，一面大笑道：“真没用，竟吃不完我罗隐一泡屎。”县太爷听说他自称罗隐，立刻下轿赔不是，请罗隐原谅。罗隐立刻板起脸说：“限你明日送五头大肥猪到村里来，否则……”还没等罗隐说完，县太爷就连声允诺。第二天一早，果然派人送来了五头肥猪。就这样，村里的男女老少都终于美美地吃上了一顿猪肉。

　　诗中故事饶有趣味，而江潮的景致更让人澎湃。

　　钱塘潮是三大涌潮之一，是天体引力和地球自转的离心作用，加上杭州湾喇叭口的特殊地形造成的特大涌潮。

　　钱塘潮的最佳观潮地点是浙江省海宁盐官镇，因此钱塘潮也被称为"海宁潮"。潮水初涨时，江面会闪现出一条白线，伴随着隆隆的声响，潮头由远而近，飞驰而来。潮水的轰鸣声渐渐越来越大，如同响雷一般。只需顷刻之间，潮峰就会耸立起一面三四米高的水墙，直立于江面之上。潮水喷溅，其势头如同万马奔腾。从汉魏时起，观钱塘潮就成为海宁当地的习俗之一。

每年农历八月十八日，是钱塘江涌潮最大的时候。这前后三天是古时的观潮节，潮头最高可达数米，每到此时，便会有八方宾客蜂拥而至，争睹钱塘潮的奇观。

观赏钱塘，早在汉、魏、六朝时就已蔚成风气，至唐、宋时，此风更盛。每年到了农历八月十八日前后几天，海宁的路上便会车如水流，人潮涌动。潮水开始涨起时，有三五米高，最高时竟能达到9~10米。并且，站在不同的地段，还能欣赏到不同的潮景。例如在塔旁可以观看"一线潮"，在八堡可以观看"汇合潮"，在老盐仓可以观看"回头潮"。

钱塘潮，是诗歌，是风景，也是人生。潮起潮落，我们迎接命运里的飞扬澎湃，也要学会欣赏生活里的平淡和宁静。

第六章

苏情画意

苏州·月落乌啼霜满天

每一个喜欢行走的人，梦中一定都向往过江南水乡。任何华丽的辞藻，在那里都失去了颜色。在平静如花的景致中，才能体会到什么叫作心旷神怡。哪怕有再多的狂风暴雨，在这里也能重新找回久违的宁静。

苏州是一座古城，整座城都位于水网之中，就连许多街道都依河而建，许多建筑也临水而造，门前是巷弄，屋后便是河流。因此，也只有这里才能让人感受到"小桥、流水、人家"的意境。

苏州是一座内敛而又温润的城市，仅仅是苏州的园林，就已经令无数游客沉醉。在苏州城外，还可以领略太湖风光，以及水乡古镇的江南韵味。自古以来，苏州便是鱼米之乡，苏州人与这座城一样，充满了秀美与灵动之感。

经历了安史之乱的张继，就曾用一首《枫桥夜泊》，抒发了自己在苏州的感受。

月落乌啼霜满天，

江枫渔火对愁眠。

姑苏城外寒山寺，

夜半钟声到客船。

唐代天宝十二载（753），张继考取了进士。然而，两年之后，安史之乱爆发。天宝十五载（756），唐玄宗带着杨贵妃与朝中官员仓皇逃离皇宫。因为江南的政局还算是稳定，许多文人便纷纷逃往江浙一带避乱。张继便是其中的一员。

那是一个秋天的夜晚，张继途经苏州城外的寒山寺，将小船停泊在城外的枫桥边。江南水乡的秋夜，景色是那样优美。身为一名满怀着旅愁的游子，张继的心情也渐渐被苏州城那充满诗意的美好抚慰了。

沉浸于江南秋夜的美景当中，张继创作了这首意境清远的诗篇。他用细腻的情感与笔调，刻画了月落乌啼、霜天寒夜、江枫渔火、孤舟客子的景象。他将自己浓郁的羁旅之思与家国之忧充分凝聚在景色当中，透过对景物的生动描写，抒发了自己的满腔愁绪。

题目中的枫桥，位于如今苏州市的阊门外，横跨于塘河之上，是一座古桥。在古时，因为漕运夜间禁止船只通行，会将此桥封闭，因此，这座桥的原名叫作"封桥"，渐渐地，被人们改称作"枫桥"。

首句"月落乌啼霜满天"，便向读者交代了诗人所见的景致，是苏州城外的夜景。关于"乌啼"一词，有两种解读。一种是说乌鸦的啼叫，另一种是说乌啼镇。然而，在唐代的苏州，并没有乌啼镇这样一个地名，因此，诗中所说的"乌啼"，指的就是诗人在夜晚所听到的乌鸦啼叫之声。

"霜满天"一词，又交代了诗人此行来到苏州的季节。众所周知，霜是冷空气附着在地面或者物体上，凝聚而成的一层白色冰晶。因此，霜是不可能"满天"的。在这首诗中，"霜"字可以理解为天气寒冷的代名词。由此可以判断，张继来到苏州时，已经是晚秋时节。

晚秋时节的深夜，诗人乘坐着小船，来到了姑苏城外的枫桥边。他将小船停在水中，举头望着天空。月亮已经渐渐落下，耳边传来乌鸦的阵阵啼叫。他感觉到周身有一些寒冷，满天的寒气，宣告着江南水乡深秋的到来。

时间已是午夜时分，上弦月已经渐渐沉落，天空中没有了月光的照耀，只剩下灰蒙蒙一片。正在树上栖息的乌鸦也许是感受到了月影的变化，受到了一丝惊扰，从惊醒中发出了几声啼叫。

都说月光清冷如水，此刻没有月光，反而让人觉得更加寒冷。江南的秋夜，已经带着几分寒意。独自在异乡漂泊的诗人，比别人更加能够感受到这份寒冷。仿佛深秋的霜寒，已经渗入他的肌肤，到达骨髓深处，让他觉得彻骨寒冷。

放眼四周，整个水面上只有张继的一艘船。家在此处的人，此刻想必都正在安眠，唯有漂泊的旅人，才会在深夜时分依然在水面上划行。茫茫夜色，满天霜华，诗人用双眼看着月落，用双耳闻听着乌啼，用周身去感受着霜寒。所看、所闻、所感，层次分明地体现出时间与感官的过程。

水乡的秋夜，是美好的，却也是幽寂清冷的。孤独的旅人身在其中，更加能够感受到此刻的清寥。这也足以证明，此时的张继，是整夜未眠的，这才能将深夜的景致感受得如此真切。

"江枫渔火对愁眠"，这里所说的"江"，指的是吴淞江。这条江源自太湖，流经诗人所在之地，汇入长江。因为流经苏州，也被俗称为"苏州河"。"江枫"，指的就是吴淞江边的枫树。"渔火"，指的是渔船上的灯火。也有人说，诗人此刻乘坐的就是一艘渔船，因此，他并不是孤身一人，只不过身在异乡，身边虽有人陪伴，但还是会产生孑然一身之感。

诗人用"对愁眠"一词，对江枫和渔火进行了拟人化的处理，说这二者相伴愁眠，也正映衬着他深夜无眠的苦闷心境。

这一句诗，是诗人在抒发自己身为旅人的感受。因为夜色已深，月亮已经下沉，江边的枫树也只能看到一个模糊的轮廓。也许，那并不是什么枫树，只是因为身在枫桥，才让诗人联想到了这一树种。枫树每到秋季寒冷之时，树叶就会变成红色，提到枫叶，总是能让人联想到秋意，也许这也是诗人的用意所在。

因为霜寒"满天"，诗人眼前所见的只是一番朦胧的景象。其实，那并非是霜，而是雾。在雾中，点点渔火呈现在诗人眼前。因为周围的环境实在过于昏暗，那点点渔火就显得越发耀眼。闪动的渔火看得久了，张继的脑海中也不禁浮想联翩。

因为心中孤寂，眼中所见的景物也是孤寂的。江枫与渔火，它们虽然同处在一个环境当中，却是各自孤独的，因为它们"对愁眠"，而不是"伴愁眠"。

虽然通过这句诗，还是能感受到诗人身在异乡的淡淡哀愁，但是，眼前此刻的景致，却又显得那样新鲜，能够对他的羁旅之情多少起到一些抚慰的作用。

首联诗只有短短十四个字，诗人却在其中写出了六种景象。异乡游子在枫桥夜泊之时的大部分感受，已经烘托出来，能够让读者感受到江南深秋夜晚的寂静清幽，也为后一联的诗句做好了充足的铺垫。

"姑苏城外寒山寺，夜半钟声到客船。""姑苏城"，即苏州，古称吴。因城西南郊有姑苏山，山上有吴王阖闾或吴王夫差所筑之姑苏台。"寒山寺"，位于苏州阊门外的枫桥镇，建于南朝梁天监年间（502—519），距今已有一千四百多年的历史。梁时原名"妙利普明塔院"。到唐贞观年间，名僧寒山和拾得，来到这里住持，才改名"寒山寺"。

"夜半钟声"指的是寺院在半夜时敲响的钟声。关于唐时寺庙是否有夜半鸣钟的习俗，曾有人提出疑义，宋人欧阳修就批评这首诗的后两句不真实，认为夜半并不鸣钟，"夜半钟声到客船"是"诗人贪求好句而理有不通"。其实这种看法是片面的，在《南史》的记载中，古代确有夜半敲钟的习俗，谓之"无常钟"。尤其是在苏州和邻近地区的佛寺，都有半夜敲钟的风俗。

在当时的张继眼中，姑苏城外的寒山古寺，同样是寂寞清静的。只有半夜里敲响的钟声，随着寒冷的秋夜空气，传到了客船这里，飘入了张继的耳中。

有了寒山寺这所古刹，使眼前的景致更增加了一些历史文化气息，堪称完美。那悠远的钟声，仿佛是历史的回声，既凝聚了宗教的庄重，也给人一种古雅之感。

因为有了这一句诗，整首诗才没流于俗套，不会成为一首只知写景不知写情的诗。也唯有身在异乡的游子，才能在寺庙的夜半钟声当中，感受出如此无法言说的情思。后人虽也试图在诗中描写夜半钟声，但有张继这一句在前，后人再也无法超越。

纵观整首诗，有一种浓郁之美。前半幅的落月、啼乌、满天霜、江枫渔火、不眠人，与后半幅的城、寺、船、钟声，完美地交融在一起，传递出一种空灵的意境。

诗人的独到之处，在于他所描写的景致，都与常人不同。那本是生活中最常见的景致，却因为出现在深夜时分一个漂泊异乡的游子的眼中与耳中，与他内心的情绪相互交织，而形成了一种至高的艺术境界。

这首诗的意象充满着深寒与孤愁，但又透过"江枫渔火"和"寒山钟声"，传递给了我们暖暖的人文关怀，仿佛一首飘荡在乡村炊烟中的歌谣，提升了生活的温度，激活了人生的热情。

关于这首《枫桥夜泊》，后世还产生了许多争议与带有神话色彩的传说。首先是关于这首诗的诗题。在唐人高仲武所编的《中兴间气集》中也有所收录，不过，对其所标的诗题为《夜泊枫江》。在宋人李昉等人编纂的《文苑英华》中，所标的诗题则为《枫桥夜泊》。

为此，后人也产生了不小的争议。有人认为，正确的诗题，应该叫作《夜泊枫江》。只不过，还是《枫桥夜泊》这一诗题受到了大多数人的认可，并一直流传至今。

相传，唐武宗对这首《枫桥夜泊》十分喜欢，还特意命京城第一石匠吕天方刻制了一块《枫桥夜泊》诗碑，并且还说，当自己升天之日，要将此石碑一同带走。

一个月后，唐武宗猝死，这块石碑也随着他一同被葬入武宗地宫，置于棺床上首。在唐武宗临终之前，他颁布了一条遗旨："《枫桥夜泊》诗碑只有朕可勒石赏析，后人不可与朕齐福，若有乱臣贼子擅刻诗碑，必遭天谴，万劫不复。"据传说，北宋翰林院大学士郇国公王珪、明代才子文徵明都曾因书刻此诗而最终惨死。

张继流传下的作品很少，全唐诗收录一卷，然仅《枫桥夜泊》一首，已使其名留千古，而"寒山寺"也拜其所赐，成为远近驰名的游览胜地。如今的寒山寺，寺内保留着许多古迹，其中就包括张继诗的石刻碑文。这也成为一个生动的历史标签和一个完整的归属，《枫桥夜泊》永远属于寒山寺。

同时，这首诗也让苏州的美丽夜景充满了梦幻色彩。一桥一水，一寺一城，一诗一画……处处都彰显了这座古城的千古风情，吸引着古往今来的无数人。

秦淮河·烟笼寒水月笼沙

　　时光无情，如同江水，一刻不停地向前奔流，带走了太多不经意的瞬间。唯有在行走中收获的风景，才能在脑海中刻画下深刻的影像，挽留住一些刹那间的美好。

　　翻阅诗词，也如同旅行一样，总能勾起记忆中那些美好的画面。一路来拼命想要留住的那些点滴光阴，也在那些唯美的字句中隽永定格。

　　晚唐时期的唐诗，大多都流露着诗人对于国家现状的担忧，他们无法用言语直接表达自己对现实的不满，唯有通过诗句，委婉地表述心中的忧愁。诵读杜牧的《泊秦淮》，便能体会出这位忧国忧民的诗人，对当时千疮百孔的唐王朝所表现出的深深忧虑：

> 烟笼寒水月笼沙，
> 夜泊秦淮近酒家。
> 商女不知亡国恨，
> 隔江犹唱后庭花。

　　青年到中年时代的杜牧，看到了太多统治集团的腐朽昏庸，也看到了藩镇的拥兵自重为唐王朝带来的边患。他清晰地感觉到，当时的社会是危机四伏的，唐王朝的前景更是不容乐观。对于时局的忧虑，让他写下了许多具有现实意义的诗篇。

大和七年（833），杜牧31岁，正是应该在仕途上大有作为的时候。然而，他似乎生错了年代，没能赶上大唐盛世，却亲眼见证了晚唐的危局。

那一年，在淮南节度使牛僧孺的推荐下，杜牧来到扬州，在牛僧孺手下任推官，之后又转为掌书记。这是一个十分重要的官职，身为节度使的牛僧孺公务十分繁忙，凡有文辞之事，皆出自掌书记之手，因此，足以见得牛僧孺对杜牧才华的重视。

位于淮南江北的扬州，便是杜牧当年任掌书记的地方。那里是唐代最繁华的商业都市，因为处于运河与长江的交错之处，江淮一带也成了唐朝的财富之区。这里自古以来便是鱼米之乡，盐、丝、茶、竹、木、铜、铁等行业十分发达，再加上交通便利，更是聚集了海内外的商贾。尤其是波斯与大食的商人，经常在这里往来贸易，在商业繁盛的同时，饮食歌舞等娱乐行业也尤为发达。

杜牧的祖父杜佑官至宰相，父亲与伯父也都在京为官，家宅正居长安城中心的安仁坊，一时显贵无比。所以，杜牧的身上多少也带有贵公子的气质。这样一个纸醉金迷的都市，对于喜好声色的杜牧而言，正是投其所好，于是，他常在秦楼楚馆流连忘返。

白天，他在任所上处理公事，到了晚上，便会换上便装，陶醉于歌舞宴饮之中。可以说，扬州这个地方，也带给了杜牧许多欢乐。在此期间，他也创作了许多脍炙人口的诗篇。

虽然纵情娱乐，杜牧却并没有忘记对国事的担忧。河北三镇一直处于割据状态，朝廷对于这种局面的处理却一直都没能找到正确的方法，这让杜牧十分愤慨。当时的社会，兵连祸患，人民受害，边防空虚。他对处理藩镇问题有着自己的看法，可是却无人愿意倾听。

于是，他只能将自己对于藩镇问题的处理方策，写入《罪言》之中。在文章的一开头，他便写下这样一句话："国家大事，牧不当言，言之实有罪，故作《罪言》。"他在《罪言》中主张削平藩镇，加强统一。不过，他并不赞成一味用兵，而是希望朝廷能够反省自身的缺点，之后再讲求用兵的策略。

他希望通过自己的这篇文章，能够引起朝廷的重视，帮助唐王朝巩固统治，减少祸患。

除了《罪言》之外，杜牧当时还创作了《原十六卫》《战论》《守论》等文章，都是在用中肯的语言，讨论藩镇问题与用兵方法。对于兵法，杜牧的确有一些研究和见解。早在他十几岁的时候，就喜欢研究兵法。他的这几篇文章，都是将兵法与当时的实际状况结合起来，的确提出了一些成熟的方略。

他一面为国事担忧，一面也不希望让国家的危局困住自己的人生。因此，杜牧总是能将公事与私事完美地区分开来，诗词、歌舞、宴饮，也成为他精神上最重要的调和剂。

六朝古都金陵的秦淮河。发源于江苏句容大茅山与溧水东庐山两山之间，经南京流入长江。据说，这条河是当年秦始皇南巡会稽时开凿的，用来疏通淮水，因此才被称作秦淮河。

秦淮河是南京的母亲河，在历史上极负盛名。这里素有"六朝烟月之区，金粉荟萃之所"之称，也被称为"中国第一历史文化名河"。

古时的秦淮河，也同样是热闹非凡。秦淮河的两岸，历来是达官贵人们享乐游宴的场所。钟情歌舞宴饮的杜牧自然也不会错过这难得的好去处。只不过，秦淮河两岸的奢靡生活，实在是愈演愈烈。杜牧虽然来到这里，却又无法真正地融入这种奢靡的生活。

那一天，他夜游秦淮河，将船停泊在岸边。他眼中所见的，到处都是灯红酒绿，耳边飘荡的，也全部都是淫歌艳曲。一时间，杜牧触景生情，不得不联想到唐王朝日衰的国势。当权者是那样昏庸荒淫，这从眼前的景象中就可见一斑。于是，心中万千思绪起伏涌动，促使着他写下了这首《泊秦淮》。

这首诗的前半段，是在描写秦淮河的夜景，后半段，则是在抒发自己的感慨。每当文人志士们产生亡国的担忧，便会想起亡国之君陈后主。杜牧也不例外，他借用陈后主因追求荒淫享乐，最终导致亡国的事实，讽刺那些此刻依然在醉生梦死的当朝统治者们，也将自己对于国家命运的关切与担忧，淋漓尽致地表达了出来。

可以说，这是一首寓情于景的诗篇，全篇都流露出悲凉的意境。诗中的每一个字，都是杜牧深思熟虑之后产生的，那里面凝聚了他深沉而又含蓄的情感，将景物与现实有机地整合在一起，独具匠心，也充满了强烈的艺术感染力。

首句"烟笼寒水月笼沙"，便一下子让读者感受到了秦淮河两岸的景象。这里所说的"烟"，其实是一层薄雾。因为薄雾的存在，让月色也变得迷离。朦胧的月光与薄雾笼罩着略显寒凉的秦淮河水以及河边的白沙，这便是诗人来到秦淮河之后所见到的场景。

开篇第一句，烟、水、月、沙四者，被两个"笼"字和谐地融合在一起，绘成一幅极其淡雅的水边夜色图。整幅画面给人以淡雅之感，眼前似乎能呈现一幅柔和朦胧的景象，极富意境。写这一句时，诗人并没有采用浓烈的笔墨，可是，"寒水"二字，却又让人隐约体会到一种冷寂之感。

如果按照逻辑顺序，第二句"夜泊秦淮近酒家"，似乎应该放在首句。"夜泊"，便是夜晚停泊。因为只有先停泊在秦淮河岸边的酒家，之后才能看到首句中所描绘的种种场景。但是诗人偏偏打乱了这种逻辑顺序，反而让整首诗的上半幅变得更加有韵味。

诗人先是用一幅朦胧的秦淮河夜景，吸引住了读者的目光。这样的环境十分有特色，也只有秦淮河两岸才能见到如此景象。这就吸引读者迫不及待地向下读去，之后才能渐渐体会诗人想要呈现给世人的画面，以及想要表达的浓烈情感。

第二句诗如果单从字面上来解读，似乎并没有任何出彩之处，只是简单描述了诗人的一种举动，但是，如果深入去研究，才会发现这句诗里蕴含着极强的逻辑关系。

因为夜泊秦淮，诗人不仅看到了首句诗中所写的景色，更给出了整首诗的时间与地点，同时点题。并且，还为下半首诗做出了铺垫。因为诗人停泊的地方是一处酒家，所以也就不难理解为什么后半首诗中会出现"商女"的歌唱。

因为这句诗起到了承上启下的作用，所以在整首诗中反而显得必不可少。诗人在作诗时的精巧构思，由此可见一斑。

"商女不知亡国恨，隔江犹唱后庭花"中所说的"商女"，指的是以卖唱为生的歌女。"后庭花"，指的便是南朝陈皇帝陈后主所创作的《玉树后庭花》。因为陈后主终日沉迷于声色，作出此曲之后，整日与后宫美女寻欢作乐，最终导致亡国。因此，《玉树后庭花》也成为亡国之音的代表。

卖唱的歌女，哪里知道什么叫作亡国之恨？她们也根本不可能知道此时的唐王朝正面临怎样的危局。因此，她们依然在酒家中为客人们唱着陈后主的那曲《玉树后庭花》。歌女的声音，隔着江水，清晰地飘入诗人耳中，更加引发了诗人浓烈的为国担忧之情。

表面上看，诗人是在说卖唱的歌女不懂得亡国之恨。其实，他是在暗讽那些在酒家中欣赏歌女唱词的达官显贵、封建贵族、官僚豪绅。歌女不知国家危局，他们怎么可以不知？然而，如果他们真的知道唐王朝正在面临的现状，又为何能够安然坐在酒席间，享受歌舞与歌女的服侍？

一曲《玉树后庭花》，是诗人在暗喻世人，此时的李唐王朝就像当年的南朝陈国一样，已经走到灭亡的边缘了，这让他如何能够不担忧？

其实，就连"隔江"二字，都能见出诗人的精巧构思，这背后也隐含着一段真实的历史故事。当年，隋兵陈师江北，只有一江之隔的南朝陈小朝廷危在旦夕。可是，陈后主却依然沉湎于声色，丝毫没有预感到末日的到来。

这是多么辛辣的讽刺，既表现出诗人的愤慨，也表达出他的无奈。这些官僚贵族，不去思考如何解决朝廷的燃眉之急，反而依然纵情于声色犬马、纸醉金迷。他们的灵魂早已腐朽，精神早已经空白。这就是导致唐王朝衰败的原因，也是诗人的忧虑所在。至此，历史与现实，被诗人完美地串联起来，然而，他能做到的，也仅仅是这些了。

秦淮河历史悠久，与它相关的诗词不胜枚举。透过这些诗词中的文字，我们仿佛还能感受到秦淮河当年的繁华与水韵。唐人崔颢也曾在《长干曲》中写下这样的诗句："君家何处住？妾住在横塘。停船暂借问，或恐是同乡。"南宋人杨万里也写下《登凤凰台》，赞美秦淮河一带的美景："千年百尺凤凰台，送尽潮回凤不回。白鹭北头江草合，乌衣西面杏花开。"

如今，在秦淮河地区，最有特色的旅游景区要数夫子庙秦淮风光带，这里位于南京市秦淮区，以夫子庙古建筑为中心，串联起众多全国重点文物保护单位，既有儒家思想的文化内涵，也将自然风光、山水园林、庙宇学堂、街市民居、乡土人情、美食购物集于一体，是南京历史文化荟萃之地。

隋唐已成历史，唯有唐诗伴着秦淮河水涓涓流淌，滋养着城市，滋养着日复一日的新鲜故事。

扬州·桃叶眉头易得愁

多少人梦想来到烟花三月的扬州，看轻扬的柳絮飘过停不下来的船橹，看蹁跹的蝴蝶飞过曲折的水湾。十里扬州路，婉约了生命的彼岸，也璀璨了时光的尽头。

扬州自古被称作广陵、江都、维扬，位于长江与京杭大运河交汇处，素有"淮左名都，竹西佳处"之美称，更有"中国运河第一城""淮南第一州"的美誉。因为所处的优越地理位置，从汉朝起，直至清代，扬州都是一座繁荣的城市，同时伴随着文化的兴盛。扬州在历史上的第一次鼎盛时期，是在西汉中叶，第二次则是隋唐到宋时期，第三次则是明清时期。在历史上最繁华的扬州城，也就是如今扬州市的老城区——广陵区。

扬州的美景，适合喜欢不同景致之人去欣赏。许多人都觉得，柳絮纷飞、烟雨蒙蒙之时，是扬州最美的时候。这是一座娴静的苏州小城，最适合用脚步徜徉其间，去丈量这座城市的美好。当年的奢靡与浮华早已褪去，如今这里只剩下平静的安宁和一片令人追忆和向往的诗意。

手边的一首《忆扬州》，反复读过多次。诗的作者，与李白、杜甫、白居易这些唐代大文豪相比，有些名不见经传，甚至他的生卒年份也无从可考。他就是徐凝，一个不被人熟知的名字，从他为数不多的诗作中，依然可以窥见他不得志的一生，可以体味他个性中的意境高远：

> 萧娘脸下难胜泪，
> 桃叶眉头易得愁。
> 天下三分明月夜，
> 二分无赖是扬州。

从题目来看，是在描写扬州的景致。其实，诗人"忆"的却并非扬州的景色，而是扬州的人。

虽然徐凝的具体生卒年份已经无人知晓，但在唐代元和年间（806—820），他的诗名却很广，明代诗人杨基甚至还将徐凝与李白的诗作相提并论，在《眉庵集》中写道："李白雄豪妙绝诗，同与徐凝传不朽。"

在徐凝留下来的102首诗当中，光是七言绝句就占据了80首，这首《忆扬州》便是徐凝七绝诗中的代表作。

徐凝的为人，就像他的诗作一般朴实。在唐代，文人学子想要获得一官半职，在参加科举之前通常要拜谒许多名人，就连李白、杜甫等大文豪也不例外。然而，徐凝初到长安之时，却不愿炫耀自己的才华，更不愿拜谒显贵，因此终究没能博得更大的诗名。

他最看不惯的，便是当时只重名望、不重真才实学的社会风气。能够让徐凝真心拜谒的，也唯有韩愈这样的德才兼备之人。

因为没能功成名就，徐凝最终还是回到了故乡浙江睦州（今杭州淳安），终日与诗酒相伴，了己残生。不过，对于徐凝的文采，白居易还是十分赏识的。当年，白居易任杭州刺史。初到任时，白居易到杭州开元寺观赏牡丹花。刚好徐凝也在此处观赏牡丹，当时的他并不识得白居易，只是看到这里的牡丹开得实在好，忍不住赋诗一首："此花南地知难种，惭愧僧闲用意栽。海燕解怜频睥睨，胡蜂未识更徘徊。虚生芍药徒劳妒，羞杀玫瑰不敢开。唯有数苞红萼在，含芳只待舍人来。"

白居易见到此诗，立刻惊叹于徐凝的文采。当二人终于相见，谈起牡丹花和长安的往事，立刻有相见恨晚之感。

徐凝的这首《忆扬州》，指的就是如今的江苏扬州，从诗中，可以感受到诗人绵绵的情怀，以及浓烈的依依惜别之情。他是在缅怀一段已经过去的事，以及往事中的人。寥寥数语，既把自己的情感抒发得酣畅淋漓，又把扬州的景色描绘得无限风姿。

"萧娘脸下难胜泪，桃叶眉头易得愁。"那个令诗人日思夜念的女子，有着娇怯的容颜；细腻的肌肤仿佛吹弹可破，禁不住眼中流下的泪水。她的眉头，在离别之时皱在一起，那是因为她的心头笼罩着浓浓的哀愁。

"萧娘"，并非是指一名姓萧的女子。在古代诗词当中，男子所恋的女子，大多被称为萧娘，而女子所恋的男子，也大多被称为萧郎。后泛指女子。

"桃叶"一词，并非是在形容女子眉毛的形状，而是一名女子的名字。这位名叫桃叶的女子，是晋人王献之的爱妾，王献之对她十分宠爱，曾经以她的名作《桃叶歌》。在古时的诗词当中，也多用"桃叶"之名来指代少女或思念的佳人。

这句诗是在回忆当时别离的场景，"萧娘"与"桃叶"都是在指代诗人正在思念的人。离别，是无人愿意承受的人间之苦，更何况在那个交通与通信都不发达的年代，一次别离，有可能就是终生。

在这句诗中，泪与愁，都是在表达对离别的不舍。女子皱起的眉头，含泪的双眼，只要回忆起来，就让诗人忍不住一阵心痛，之后就是挥之不去的浓浓相思之情。

"天下三分明月夜，二分无赖是扬州。"如果天下的明月一共有三分，那么扬州独占二分。

"无赖"，是无可奈何的意思，指代的是烦扰与多事。在古代诗词当中，用"无赖"一词形容事物与景色，并不是贬义，反而是用来形容事物的可爱，表达出作者的亲昵之意。例如，宋代诗人陆游曾在诗中写道，"江水不胜绿，梅花无赖香"，就是在形容梅花的可爱与讨喜。同样是宋代诗人的王安石也在他的诗中写道："春色恼人眠不得，月移花影上栏杆。"这里的"恼人"一词，就与徐凝诗中的"无赖"一词有着异曲同工之妙。

此刻的诗人，正沉浸在对女子的思念之中。这份思念让他感觉到惆怅，身边又找不到人可以倾诉。他无奈地抬头望向天空，刚好看到扬州的天空挂着一轮明月。这更让他想起当时与女子分别时的场景，同样是一轮明月照着地上两个离别之人，淡淡的月光却加重了离别的愁绪。

如今，距离当时的分别已经过去了一段时间，大部分时间里，诗人几乎已经忘记了离别的痛苦。可是，那割舍不断的相思，却总是时不时地袭上诗人的心头，让他永远挣不脱、忘不掉。

　　其实，明月何其无辜，只不过，它偏偏照耀过离人的泪眼。只要看见明月，那离别的场景就会浮现在眼前。明月并不知道自己错在何处，每天晚上还是会准时挂上天空，诗人甚至有些觉得这明月有些"无赖"，只不过，他并不是在抱怨。因为这轮明月挂在扬州的上空，却又显得那样可爱。

　　整首诗的上半幅与下半幅，仿佛是在写两件不同的事情。上半幅在说女子的愁眉与泪眼，下半幅却忽然写起了一轮明月。然而，这正是诗人的构思精巧之处。明月也是在寄托相思，用月色来衬托诗人的思念之苦，反而显得更加传神。那一轮"无赖"明月，也让后人对扬州更多了几分向往之情。

　　并且，最后一句诗，与《忆扬州》的诗题所吻合。在诗人的笔下，扬州的月色占尽天下三分之二的美好，更让人对扬州的无限风姿产生无尽的美好联想。

　　在这首诗中，"三分之二"这个量词，并不是枯燥的数字，而是一种诗意的比喻。这样的比喻是大胆的，更蕴含着对扬州的无尽褒奖之情。在古代诗词当中，很少有人能用这样的方法来夸奖某一处的景致，徐凝的这一写法，显然是新奇的。后人对《忆扬州》的最后两句尤为欣赏，以至于"二分明月"甚至成了扬州的代称。

　　对于徐凝的文采，后世的许多文学名家也给出了许多溢美之词。宋人洪迈在《容斋随笔》中写道："唐世盐铁转运使在扬州，尽斡利权，判官多至数十人，商贾如织，故谚称：'扬一益二'，谓天下之盛，扬为一而蜀次之也。杜牧之有'春风十里珠帘'之句……徐凝诗云：'天下三分明月夜，二分无赖是扬州'，其盛可知矣。"

扬州文人以赏月吟诗咏怀为乐事，扬州的二分明月楼，就是在清代中叶员姓豪门以这句"天下三分明月夜，二分无赖是扬州"而建的。

纵观全诗，并没有任何华丽的辞藻。这就是徐凝的诗作风格，意境高远、朴实无华。在当时，徐凝不仅凭借诗文名噪一时，他的书法也饱受称道。据说，他的"笔意自具儒家风范，非规规于书者"（《宣和书谱》）。由徐凝书写的《黄鹤楼》与《荆巫梦思》两首诗的墨宝，更是成为宋代宫廷的藏品。

扬州，是《禹贡》中所描述的九州之一，是拥有着两千多年历史的古城，留下了无数诗人在此缅怀的诗歌和数不胜数的美景。"二十四桥明月夜，玉人何处教吹箫"，这是诗人杜牧笔下最爱的扬州。"故人西辞黄鹤楼，烟花三月下扬州。孤帆远影碧空尽，唯见长江天际流。"这是李白在黄鹤楼上为孟浩然所作的家喻户晓的诗篇。"沉舟侧畔千帆过，病树前头万木春"，这是诗人刘禹锡在扬州写下的励志名言……

扬州，承载着诗人的思绪，承载着百姓的悲欢，她如同一个温柔的符号，嵌在历史的长卷中，演绎一段段动人佳话。

乌衣巷·朱雀桥边野草花

江南的一卷言语，醉了太多人的心扉。天青色的烟雨，洗涤了无数个流年。每一句与江南有关的诗句，反复品味之后，也总是能不经意地撩动心弦。

> 朱雀桥边野草花，
> 乌衣巷口夕阳斜。
> 旧时王谢堂前燕，
> 飞入寻常百姓家。

这首咏怀名篇《乌衣巷》是刘禹锡在途经金陵（今江苏南京）时所创作的，是《金陵五题》组诗中的其中一首，另外四首分别为《石头城》《台城》《生公讲堂》《江令宅》。在组诗的最前面，刘禹锡还写下了一段序言：

> 余少为江南客，而未游秣陵，尝有遗恨。后为历阳守，跂而望之。适有客以《金陵五题》相示，迫尔生思，欻然有得。他日友人白乐天掉头苦吟，叹赏良久，且曰《石头》诗云"潮打空城寂寞回"，吾知后之

诗人，不复措词矣。余四咏虽不及此，亦不孤乐天之言耳。

这段序言讲述了刘禹锡创作这套组诗的初衷。他的祖籍本是洛阳，当年为避安史之乱，少年刘禹锡随父亲迁居苏州。刘禹锡的父亲刘绪曾在江南为官，刘禹锡便在那里度过了自己的青少年时光。

只不过，虽在苏州居住了多年，刘禹锡却从未游览过金陵，这也成为他人生中的遗憾之一。后来，刘禹锡考中进士，走入仕途，曾经被调任为和州（今安徽和县）刺史，曾远远地望过金陵的方向，终究还是没能成行。

直到唐敬宗宝历二年（826），刘禹锡由和州刺史任上返回洛阳，途经金陵，这才终于得偿所愿。只不过，当时的金陵，虽然曾经是六朝古都，江东繁华之地，但到了刘禹锡生活的年代，已经不再是政治与文化的中心。城中几乎已经荒落，如同一座空城。当时，刘禹锡听说有人写了5首关于金陵的诗，也叫《金陵五题》，便有感而发，创作这套组诗作为和诗。

刘禹锡的仕途生涯，大半都是在被贬谪中度过的。贞元二十一年（805），因为"永贞革新"的失败，刘禹锡被贬为远州（在今四川茂县）司马。在赴任途中，刚刚走到江陵，又接到朝廷的指令，再被贬为朗州（今湖南常德）刺史。

元和元年（806），正逢朝廷大赦天下。刘禹锡以为自己可以趁此机会重新得到朝廷的重用，然而，却足足等了数年，最终还是等来了拒绝的回音。

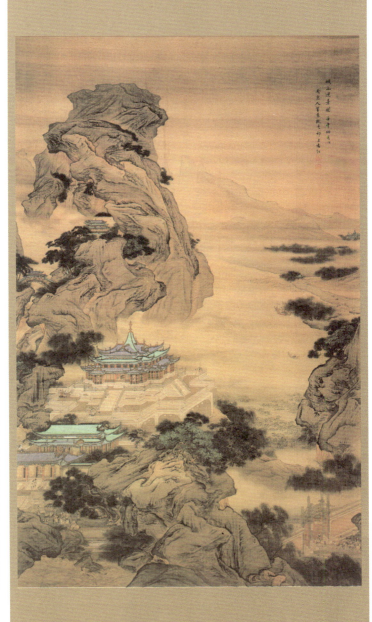

清·袁江 《骊山避暑图》 首都博物馆藏

清·高岑 《金陵八家扇面》 南京博物馆藏

明·戴进 《关山行旅图》 北京故宫博物院藏

五代·关仝 《关山行旅图》 台北故宫博物院藏

黄海松石

文翁先生寫為

清·弘仁　《黄海松石图》　上海博物馆藏

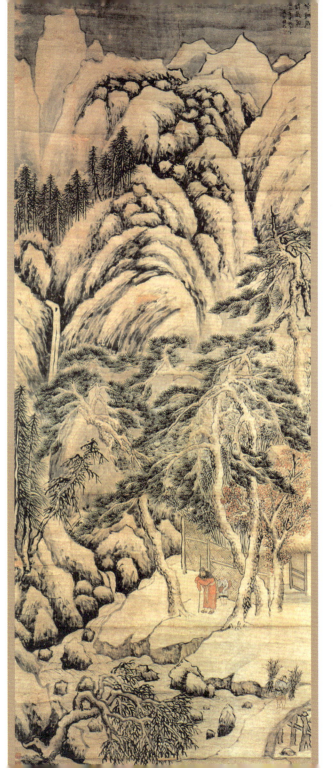

明·钱穀 《晴雪长松图》 北京故宫博物院藏

南高隱

僧牛伊昔屋墻東　何如南郭張家儂詠歌
恨不驚人句　行草妙比臨池工　衡門柳色和
煙碧小院荷花映日　紅浮雲世事異朝夕
爾獨高臥全真風　萬曆戊子之夏偶過
御泉兄齋頭相與高論移日感而有贈
檇李文弟宋旭初暘甫誌

明·宋旭《城南高隱圖》北京故宮博物院藏

这一贬，就是十年。直到元和九年（814），刘禹锡才与柳宗元等人一起奉召回京。然而，这并不是命运向刘禹锡抛出的一支橄榄枝，而是又一次捉弄。元和十年（815）的春天，正是春暖花开之时。刘禹锡与柳宗元相约赏桃花，因为触景生情，便写下了一首《元和十年，自朗州承召至京，戏赠看花诸君子》。没想到，却因为一句"玄都观里桃千树，尽是刘郎去后栽"触怒了刚刚上任的唐宪宗，导致刘禹锡再度遭贬，成为播州（今贵州遵义）刺史。

播州地处偏远，柳宗元可怜刘禹锡还有老母需要照顾，便主动向朝廷上书，请求与刘禹锡调换官职，让刘禹锡去柳州担任刺史。柳宗元的举动感动了朝廷，最终决定将刘禹锡改任连州（今广东连州）刺史。

直到元和十四年（819），因为母亲去世，刘禹锡才得以离开连州。两年之后，唐穆宗即位，刘禹锡被任命为夔州（今四川奉节）刺史。四年之后，又被调任和州（今安徽和县）担任刺史。

在和州期间，和州知县知道刘禹锡是被贬之身，便刻意刁难，将他的住处安排在城南门一处临江的房子里。看到刘禹锡并不在意，知县便又将他的住处迁往城北，房间也只有一间半。刘禹锡依然不急不恼，知县无奈，只能将他的住址迁往城中，只给他一间仅能容下一桌一椅的陋室。善于苦中作乐的刘禹锡，正是在这间简陋不堪的房子里面，创作了千古名篇《陋室铭》。

宝历二年（826），刘禹锡终于接到朝廷的一纸调令，将他调回洛阳，任职于东都尚书省。从初次被贬直到如今，已经过去了二十几年。

正是这一次从和州返回洛阳，刘禹锡才终于有了一次近距离游览金陵的机会。刘禹锡创作的这组诗，主要是将大自然的永恒与人世间的沧桑做对比，通过怀古，来感叹今朝。随着历史的变迁，当年的六朝古都已经繁华不再，成为陈迹。那么那些穷尽一生都在追求权势的帝王将相呢？也终有作古的一天。对于他们，刘禹锡既同情，又嘲讽。诗句虽然看似简单，实则寓意深远。

"朱雀桥边野草花"，诗中的"朱雀桥"，指的是六朝时期金陵城正南方有一座朱雀门，朱雀门外有一座横跨秦淮河的大桥。今位于南京市秦淮区中华门城内的武定桥和镇淮桥间，地处夫子庙秦淮风光带。

当时，刘禹锡所见到的朱雀桥边，长满了丛丛野草与野花。这座朱雀桥是当时金陵通往乌衣巷的必经之路，也是乌衣巷的代表。早在东晋时期，乌衣巷是高门士族的聚居区，东晋开国元勋王导，以及指挥淝水之战的谢安都曾在这里居住。东晋时期的朱雀桥上，有装饰着两只铜雀的重楼，便是当年谢安所建。

在刘禹锡的这首诗中，乌衣巷与朱雀桥是相互陪衬的关系，既可以用朱雀桥来刻画乌衣巷的环境，又能让诗句更加对仗，同时勾起世人对乌衣巷的历史的回忆。

诗中所提到的野草和野花，能够表明诗人来到乌衣巷时正值春季，青草刚刚茂密，花朵正在盛开。然而，一个"野"字，又突出了金陵城当年的荒凉之感。因为这里再也不是都城，早已没有了往日的繁荣，就连花草都无人打理，兀自生长与衰败。

如果说这些野花野草是生长在郊外，还不会引发如此联想。偏偏这里是一向行旅繁忙的朱雀桥，就连这里的花草都已经无人打理，足以见得当时的金陵城是怎样一番荒凉的景象。昔日车水马龙的朱雀桥，如今也已经成为人迹稀少的荒僻之处了。

"乌衣巷口夕阳斜"，依然是诗人亲眼所见之景。乌衣巷口的夕阳渐渐倾斜，斜阳残照，眼前的景象更显凄凉败落。这里值得一提的是这个"斜"字。在这句诗中，它并不是一个形容词，而是一个动词，让夕阳在读者的眼前呈现出一种动态。

日薄西山，本就是略显惨淡的景象，再加上一个"斜"字，便更加深了寂寥、惨淡的氛围。倾斜的夕阳照在乌衣巷口的断壁残垣，再回想朱雀桥昔日的车马喧哗，不禁引起诗人的无尽唏嘘。

"旧时王谢堂前燕，飞入寻常百姓家。"东晋时期的乌衣巷，因为聚居了众多世家大族与朝中贤才，因此冠盖簪缨。当时，王导与谢安家的门庭之上多有燕子筑巢。而到了唐代，因为这里早已没落，燕子筑巢的地方，也变成了寻常百姓人家。

这里所说的"王谢"，指的便是王导与谢安。王导的家族乃是东晋时期的名门望族，他的祖父与父亲都在朝中担任高官。王导在少年时期，就很有识量，他天生容貌志气不凡，世人皆认为王导具备将相的才气。成年之后，王导被任为东阁祭酒，后又迁秘书郎、太子舍人，后参与东海王司马越军事。

　　谢安的祖父谢衡是西晋有名的儒学家，曾在朝中担任文官。谢安的父亲谢裒在东晋时期担任侍中、吏部尚书等要职，谢安便出身于这样的名门世家。在谢安4岁时，就有人称赞他"后当不减王东海"，当时担任宰相的王导对谢安也十分器重。在社会上，谢安拥有很高的声誉，因此，世人也将他看作安民救世的人物。

　　乌衣巷，便是王导与谢安旧时的住处。在三国时期，吴国曾将军营设于此处，当时的乌衣巷便成了禁军驻地。因为禁军统一身着黑色军服，人们便将这里俗称为"乌衣巷"。这里也是东晋时期豪门贵族的聚居之地，王导与谢安的子弟，也被后人称作"乌衣诸郎"。

　　如果说诗的前两句，是诗人在有意烘托金陵当时的衰败气氛，那么后两句则开始真正抒发诗人的感慨了。只不过，刘禹锡表达感情的方法要更加隐晦，而不是直抒胸臆，描写乌衣巷如今的衰败之景。通过对飞入寻常百姓家中的燕子的描写，让人们知道，如今的乌衣巷中，居住的都是再普通不过的百姓。当年的王侯将相，如今已经无处可寻了。

　　"旧时"与"寻常"二词，都是烘托沧海桑田的无情变迁，让读者充分感受到今日不同于往昔之感。

　　这首《乌衣巷》，堪称刘禹锡最得意的怀古名篇之一。当年，白居易读到这首诗时，也曾"掉头苦吟，叹赏良久"。

　　通过对秦淮河上的朱雀桥以及秦淮河南岸乌衣巷的凭吊，刘禹锡深感人生多变。在生活中，燕子本是再平常不过的一种生物，可是在刘禹锡的这首诗中，燕子却承载了无尽的感慨。富贵荣华，终究是过眼云烟。在多变的人生面前，显得是那样虚无缥缈。就连旧时的贵族聚居之地，如今也只不过成为一片历史的遗迹而已。

凭吊过乌衣巷，刘禹锡再次上路，返回洛阳。再次被朝廷召回，虽然只是担任一个闲职，但总算守得云开见月明。此时的刘禹锡，已经不再年轻，但他的心中依然有着想要成就一番大事业的渴望。只可惜，在那个政治黑暗的年代，正直的官员在朝廷中永远没有立足之地。有着满腹才华的刘禹锡，梦想的火花再次被熄灭。他只能如同朝中的许多官员一样，主动请求调离京城，偏守一隅，黯然终老。就如同乌衣巷，随着唐朝的脉搏，渐渐地沉默。

时光辗转，到了南宋时期，这里曾一度得到恢复和发展。在已经倾颓的王导与谢安故居之上，人们又重建了"来燕堂"。这是一座古朴典雅的建筑，王导与谢安的画像就悬挂在堂内。当时的士子与游人也纷纷来到此处，瞻仰王导与谢安这两位东晋名相的风姿。也有人试图学着刘禹锡的文风，抒发思古幽情。

这是一座坐北朝南的建筑，有着"青砖小瓦马头墙、回廊挂落花格床"的格调。整座建筑洋溢着浓郁的古朴典雅气息。在古居内部，陈设着东晋时期生活起居的样貌，以及王谢家族的变迁史、六朝历史生活用具，等等。在庭院的墙壁上，还嵌有《竹林七贤图》《对狮图》《行乐图》等六朝砖印壁画复制品。

在大门的上方，悬挂着"王谢古居"匾额。古居内分为东、西两个院落。其中的"来燕堂"，取自当年谢安以燕传信的故事。这里也是"金陵四十八景"中的第二十八景——"来燕名堂"。

"鉴晋楼"蕴含着"以史为鉴，可以知兴替"的含义。建筑立面有东晋的雕刻展，东晋起居室、淝水之战壁画，《竹林七贤图》，顾恺之的《洛神赋》复原图。

如今的乌衣巷，依然没能像东晋时期一样云集当朝将相。这里居住的，依然都是寻常百姓，临街的房屋也大多成了铺面，出售民间工艺品，可抛却这些浮光掠影，伴随着唐诗的节奏和韵律，我们依然可以在其中感受到历史的呼吸。

第七章

秘境江淮

黄山·黄山四千仞，三十二莲峰

李白的诗，伴随着每一个人的成长。从幼时起，每个孩童都能摇晃着小脑袋，咿咿呀呀地背诵出"床前明月光""飞流直下三千尺"。在唐代的诗人当中，李白的足迹几乎遍布了祖国的大好河山，壮美的山河，也激发着李白写下了无数千古名篇。

《送温处士归黄山白鹅峰旧居》是李白在近晚年时创作的一首送别诗。虽然是为了表达对友人的送别之情，却也形象地描绘了黄山的奇异景观。同时，又将自己与生俱来的浪漫主义融汇到诗篇之中：

黄山四千仞，三十二莲峰。

丹崖夹石柱，菡萏金芙蓉。

伊昔升绝顶，下窥天目松。

仙人炼玉处，羽化留馀踪。

亦闻温伯雪，独往今相逢。

采秀辞五岳，攀岩历万重。

归休白鹅岭，渴饮丹砂井。

凤吹我时来，云车尔当整。

去去陵阳东，行行芳桂丛。

回溪十六度，碧嶂尽晴空。

他日还相访，乘桥蹑彩虹。

创作这首诗时，李白正在宣城（安徽东南部）一带游历。那是天宝十三载（754）秋天，李白已经54岁。他只身南下宣城，与被贬官的好友崔成甫相会。二人相聚以后，还曾一同结伴游览金陵，李白在此时还创作了《玩月金陵城西孙楚酒楼，达曙歌吹，日晚乘醉》一诗。其中的一句"草裹乌纱巾，倒被紫绮裘"，将李白落拓不羁、放浪形骸、傲岸狂放的形象表现得淋漓尽致。

虽然李白在借助诗酒让自己的心情尽量放松，但是他并非真的已经胸无大志。对于国家的危局，他依然是关注并且忧心的。当时安禄山的军队正在北方厉兵秣马，杨国忠却频频向南诏发起进攻。李白为此寝食难安，为这无谓的战争而忧心，也为那些无辜战死沙场的士兵而难过。

李白的一腔愁闷，只能通过游览山河之景来排解。在宣城，他登上过敬亭山，也曾登上过北楼。每到一处，他都会留下一些歌颂当地美景的诗篇。尤其是北楼，是南朝时期宣城太守谢朓修建的。谢朓是李白最喜欢的南朝诗人，登上北楼，他真的能感受到"长风万里送秋雁"之景。

正是在宣城游历期间，李白与温处士相逢。黄山白鹅峰，是温处士居住之处。在古时，人们将有才德却又不愿做官的文人称为"处士"。李白在诗中写到的这位温处士，真实姓名已经不可考。但能够让李白如此看重，说明此人的确是一位德才兼备且个性容易接触之人。

当时，李白除了游历宣城，还在南陵、秋浦、黄山等地留下了自己的足迹。借着送温处士的机会，李白登上了黄山，对于黄山的胜景，也给出了高度赞美。

黄山位于安徽省南部黄山市，东邻浙江，南连江西，北部接壤宣城与池州，是安徽最著名的旅游风景区。来黄山的游人，最津津乐道的就是黄山"五绝"，分别为奇松、怪石、云海、温泉、冬雪。

黄山自古以来便有"三十六大峰，三十六小峰"，多年的地壳演变，再加上岁月的洗礼，让黄山有了一种峰峦叠翠、群峰林立之景。

"黄山四千仞，三十二莲峰。"这里的"仞"，是用来形容山的高度。古时一仞为七至八周尺，一周尺大约相当于23厘米左右。黄山的最高峰为莲花峰，海拔1864.8米。如果按照李白诗中所说的数字来计算，则相当于7000多米。因此，"四千仞"在这里是虚数，只是用来形容黄山之高。

"三十二莲峰"，与如今黄山的"三十六大峰"与"三十六小峰"之数有差异。据此分析，在唐代年间，另外四座山峰也许并未被命名，因此在李白的诗中，便只有"三十二峰"。

"丹崖夹石柱，菡萏金芙蓉。"金色的阳光洒在山峰之上，就如同一朵朵盛开的金色芙蓉花。李白素来喜欢寻仙访道，这一场景，也让他感觉自己如同来到仙境。

其中"丹崖"一词，是用来形容绮丽的岩壁。三国时期，魏国人嵇康就曾在《琴赋》中写道："丹崖险巇，青壁万寻。"明代开国元勋刘基也曾在《徐资深华山图》一诗中写道："华岳插天七千丈，丹崖翠壁开仙掌。"在山东蓬莱，还有一座丹崖山，自古便有"丹崖仙境"之称。因为山石呈红褐色，又绝壁高耸，因此被称为丹崖山。

由此可以判定，李白在黄山同样见到了颜色类似的岩壁，因此更加觉得黄山之景绮丽多姿。

"菡萏"，指的是荷花。黄山三十二峰，座座都如同莲花。丹崖夹在其中，如同一根柱子，但是这根"柱子"的顶部却是平圆形状的，仿佛莲花含苞待放之姿。而另外几座山峰，则如同已经盛开的芙蓉一般美好。"金芙蓉"，则是用来形容黄山三十二峰的形态的。这三十二峰中，有三座山峰比较著名，分别为石柱峰、芙蓉峰、莲花峰。三座山峰均高耸峭拔，直插青天，形状如同盛开的荷花或者芙蓉。由此可以推断，诗人的这一句，主要是在形容这三座山峰。

"伊昔升绝顶，下窥天目松。""伊昔"，即从前；"绝顶"，指的是山峰中的最高之处。

"天目松"，指的是天目山的松树。天目山位于浙江临安市西北，古时被称为"浮玉山"，从汉代时才被称为天目山。天目山有东西两峰，峰顶各有一池，常年不枯竭，仿佛是左右二目，因此才得名天目山。

天目山的主峰仙人峰海拔1506米，山上植物众多，松树尤为出名。诗人在这里引入天目山的松树，又在前面加上了"下窥"一词，就是用来衬托黄山山峰之高。登上黄山之巅，就连天目山上的松树都需要俯瞰了。

"仙人炼玉处，羽化留馀踪。"当初浮丘公炼丹的遗迹尚在，就连他羽化成仙之处，也依稀能找到一些痕迹。

"炼玉"一词，指的是炼制仙丹。唐代崇尚道教，炼制仙丹是道家所长。几乎历朝历代的皇帝，都希望通过服用仙丹来追求长生不老，可惜只听说有人因服食仙丹而中毒至死，却从未听说真的有人得道成仙。

"羽化"，指的是人成仙而去。在黄山，还有一座炼丹峰，相传浮丘公曾经在此处峰顶炼丹，经过八个甲子，才将仙丹炼成。古人用天干地支来计算年份，一个甲子，便是六十年。浮丘公用八个甲子炼成仙丹，也就是经过了四百八十年。

李白对于寻仙访道一事尤为热衷。他的人生有两大追求，一个是凭借才华为国效力，另一个就是隐居山林，渴望得道成仙。因此，关于成仙的传说，李白知道的不少。这句诗也是形容他来到炼丹峰之后的感受。

从诗的开头到第八句，诗人都是在正面描写黄山之景。诗人眼中所见的黄山高峻、秀丽，并且还是神仙修炼之地。因此，对于黄山，李白是无限欣赏的。这也为送温处士归山做了铺垫。

"亦闻温伯雪，独往今相逢。"温伯雪，姓温，名伯，字雪子，是古时的一位大思想家。《庄子·田方子》中记载："孔子见温伯雪子而不言，子路不解，孔子说：'若夫人者，目击而道存矣，亦不可以容声矣。'"说的是孔子见到温伯雪子，没有说话就离开了。子路不明白为什么，便问道："您不是早就想见温伯雪子了吗？为什么如今见了却不言语？"孔子答："像这样的人，目光相交便知道他的想法了，说与不说是没有什么分别的。"以此来证明，圣人之间相见，是不需要言语沟通就能知道彼此的内心想法的。李白在此处提到温伯雪，是在用来比喻温处士也是温伯雪一般的圣人。

"独往"，是离群而隐居。当年的温伯雪是这样的人，如今的温处士也是这样的人。这一句也是在描写诗人与温处士的相遇。

"采秀辞五岳，攀岩历万重。"这句诗是在描写温处士的经历。他与李白一样，都曾游历过祖国的名山大川，尤其是五岳，都曾留下过温处士的足迹。他在这些地方游历，就是为了采撷人世间的精华美景。

"采秀"一词，代表着采撷世间精华。"万重"一词，是形容多。

诗人在这里还用了一句夸张的写法，形容温处士曾经攀登过许多高山，也走过许多难走的山路，才能收获无数美景。

"归休白鹅岭，渴饮丹砂井。""白鹅岭"，便是温处士的归隐之处。"丹砂井"，位于黄山东峰之下，那是一处朱砂汤泉，水的热度可以沏茶，每逢春季，汤泉中的水即会呈现微红的颜色，如同丹砂一般。丹砂泉来自朱砂峰，饮泉中之水，能够品尝出甘甜与芳香。如果用此泉水沐浴，则令人心旷神怡，气爽体舒。

"凤吹我时来，云车尔当整。""凤吹"，出自仙人王子乔的典故。王子乔是东周时期周灵王的太子，名为姬晋。传说他喜欢吹笙，吹出来的乐声仿佛凤凰鸣叫。王子乔青年早逝，不过在传说中，他并没有死，而是成为仙人。王子乔喜欢四处游历，一次偶遇浮丘公，他看到王子乔如此仙风道骨，便引他到嵩山上去修炼，一晃就是三十多年。一天，王子乔在山上遇见一位名叫柏良的老友，便请他转告家人，七月七日这天，让他们在缑氏山下等他，他要和家人做最后的告别。

到了那一天，周灵王一家早早便在山脚下等候。远远望见王子乔乘着一只白鹤，徐徐降落在缑氏山顶，拱手与山下的家人告别。之后，便骑上白鹤，消失在天际。

"云车"，是仙人乘坐的车。"尔"是"你"的意思，指的是温处士。

诗人希望温处士能够在白鹅岭处修道成仙，到时候，能够引渡自己一同成仙。

"去去陵阳东，行行芳桂丛。""陵阳"，即陵阳山，位于安徽泾县西南的陵阳山。相传那里是道教神话中的仙人陵阳子明的成仙之处。

"芳桂"，是一种香桂。唐代诗人卢照邻曾在《五悲文·悲才难》中写道："岩有芳桂，隰有棠棣。枝龙嵸兮相樛，叶翩翩兮相翳。"

"回溪十六度，碧嶂尽晴空。""回溪"，是指回曲的溪流。"十六度"，则是用来形容溪流的曲折程度。"碧嶂"，是青绿色如同屏障的山峰。

这四句诗，是诗人在想象温处士一路行进将会遇到的景色。他将温处士的行进之路想象成成仙之路，这一路上，他将会行走在芳桂丛中，看到蜿蜒曲折的溪流、碧色如嶂的山峰，还有晴空万里。

"他日还相访，乘桥蹑彩虹。"诗人在这一句幻想他日与温处士重逢之景。有朝一日，如果自己去探访温处士，当走到仙人桥时，已经成仙的温处士一定会变出一道彩虹，让李白踩着彩虹走过仙人桥。

　　"桥"，指的是仙人桥。仙人桥又名"天桥""仙石桥"，是黄山最险之处。这座桥位于两峰绝处，各处峭石，彼此相抵，却并没有完全接上，中间似乎还有断开之处。因此，登上仙人桥之人，无不为大自然的鬼斧神工所称奇。"蹑"，踩。

　　这句诗既表达出诗人对温处士的情感，也表现了一种飘然欲仙的浪漫色彩。

　　黄山在诗人李白的笔下，呈现出高峻神秀之感，同时又因为有神仙遗踪，让世人更能体会出这里的神秘与奇幻。再加上诗人丰富的想象，尤其是对炼玉处、丹砂井的描写，在引人联想的同时，又能让人体会到景色的美感。

　　明代地理学家、旅行家、文学家徐霞客曾两次游览黄山，并留下了"五岳归来不看山，黄山归来不看岳"的切身感受。

　　"天下第一奇山"燃烧了诗仙李白的万丈豪情，也点亮了一盏诗意的灯，无数人心驰神往，渴望一场澎湃激荡的身心旅行。

桃花潭·桃花潭水深千尺

　　一首诗，就是一盏记忆的烛火，照亮了历史中那片风景，还有我们的间隔年。

　　读诗，在儿时；懂诗，在长大以后。也许，这便是大多数人与诗歌交集的规律。

　　那年你牙牙学语，背诵《赠汪伦》的时候，得到了父母长辈的夸赞，尝到的是喜悦。而多年后再次吟诵之时，读到的是友情，是别离。

> 李白乘舟将欲行，
> 忽闻岸上踏歌声。
> 桃花潭水深千尺，
> 不及汪伦送我情。

　　曾经，这首诗很轻，在韵律中轻盈跳跃，次第起伏。蹚过岁月后，我们才懂得这其中情感的深重。

　　当文字交织，便可溯洄千年岁月，千年以前的大唐，自有一番富丽和锦绣。而伟大的诗人李白，也在盛世里尝尽了苦乐悲欢。

一首《赠汪伦》，让千古人记住了汪伦，记住了桃花潭。这首诗的创作缘起于离别，说的是友情，还藏着一个谜题。

　　汪伦平日里很喜欢结交名士，为人仗义，但只是唐朝泾州（今安徽泾县）的一个无名小辈。而李白虽然一直在仕途上不得志，却是诗坛上赫赫有名的诗仙。可这看似生活在两个世界的人，是如何结下一段深厚的友谊的？

　　汪伦对李白的才学敬佩已久，却一直寻不到机会能邀约。后来，他听说李白将要到安徽游历，便大胆地写信邀请。他听闻李白向来有喝酒和游历两大爱好，便在信中说："先生好游乎？此地有十里桃花。先生好饮乎？此地有万家酒店。"那时是唐玄宗天宝十四载（755），李白当时正在秋浦游历，接到汪伦的信后，便欣然前往位于泾县的桃花潭。谁知，到了目的地却并未见到信中所说的景致。

　　汪伦告诉李白："所谓十里桃花，是十里处有桃花；万家酒店，是在桃花潭边有位姓万的店主开了一间酒肆。"小小玩笑，让李白大笑不已，便留在这片纷繁的美景当中，直至尽兴而归。

　　在这期间，与汪伦一同游历了桃花潭的美景。这里群山环抱，重峦叠嶂。每天有佳肴美酒，好不快活。汪伦是豪情志士，李白是洒脱诗人，两个人更是相谈甚欢，常常通宵达旦。李白兴之所至，写下了《过汪氏别业二首》，在诗中把汪伦作为窦子明、浮丘公一样的神仙来加以赞赏，足见汪伦在李白心中的重量。

　　可人生就如同一条流淌的河流，再美的时光也会流走，相聚的日子很快便到了尽头。

那年某日，李白背起了行囊，站立渡头，再一次饱览这大好风光。

在这里，桃花潭尽收眼底，潭水清冷，犹如碧玉。而对岸怪石耸立，岸边的老树自由地生长，山峦次第起伏。他不由得感叹，自然的鬼斧神工，在不经意间，便勾勒了这样一幅美丽的天然画卷。诗人的心，也沉浸在这美景之中。

可离别是人生的常态，尤其对于李白这样一个游历者，纵有千般流连，他仍是要奔赴自己的旅程。

一叶小舟载满离情，为《赠汪伦》这首千古诗篇拉开了序曲。

离别是一个略带伤感的主题，却有着沉甸甸的重量。

关于汪伦其人，古书中也给出了不同的解释。大多数古籍当中认为，汪伦是李白在游历泾县时遇到的一名普通村民。

不过，也有一些专家学者在研究了泾县《汪氏宗谱》《汪渐公谱》《汪氏续修支谱》之后，认为汪伦又名凤林，是唐代年间的知名人士。根据宗谱记载，汪伦为汪华的五世孙。

汪华是唐朝开国重臣。他的原名叫作汪世华，早在隋朝末年天下大乱之时，汪华为了保卫一方百姓安全，起兵统领了歙州、宣州、杭州、饶州、睦州、婺州六州，并建立吴国，自称吴王。

这期间，汪华一直以仁政治国，吴国境内的百姓仿佛生活在世外桃源一般。在当时战火纷飞的混乱年代，吴国百姓依然能在一派祥和的氛围中安居乐业。

不过，汪华并非以自立为王为目的。为了国土统一，他说服吴国文武大臣，并主动放弃王位，将吴国领土归于唐朝。唐高祖李渊亲自授予汪华上柱国、越国公、歙州刺史的头衔，总管六州军政。

贞观二年（628），唐太宗李世民授予汪华忠武大将军的头衔，令其参掌禁军大权，委以九宫留守，辅佐朝政。

汪华的一生，集文韬武略于一身，尤其是在军事方面，具备卓越的才能。他的忠君爱国、勤政爱民之举，也被历朝历代的君王视作典范。许多文豪也专门创作歌颂他的作品。

江南六州的百姓，甚至在汪华死后将其奉为神明，拜他为"汪公大帝""太阳菩萨""太平之王"。光是百姓为汪华建立的庙堂就多达七十多座，祭祀汪华的习俗更是流传了千年。

因此，身为汪华五世孙的汪伦，在当时的地位便可想而知。当时，汪伦与李白、王维等人均为好友，并且时常有诗文往来。开元天宝年间，汪伦被任命为泾县县令。闲居桃花潭时，汪伦已经任满辞官，成为一名闲散雅士。

"李白乘舟将欲行"，"将欲行"，指的便是李白即将离开桃花潭远行。李白一生最爱与文人雅士接触，尤其是像汪伦这样出身名门又个性豪放之人，仿佛与李白天生便是一路人。两个有大才华而又不拘小节的人，几乎一见如故，很快便成为莫逆之交。

"忽闻岸上踏歌声。"一群村民踏地为节拍，边走边唱前来送行了。"踏歌"是唐代民间的一种歌舞形式。多人将手拉在一起，双脚踏地作为节拍，可以一路边走边唱。

"桃花潭水深千尺"，其中的"深千尺"，是一种夸张的写法。李白在描写自己欣赏的景物时，经常喜欢用夸张的手法。"千尺"只是用来形容桃花潭水之深，为下一句突出两人之间的深厚情感做铺垫。

"不及汪伦送我情"，"不及"便是不如。

桃花潭水哪怕有千尺之深，也比不上汪伦送别我李白的情意之深。

诗中先写离去人，而后写送行人。这古色古香的美景之下，友情的线，牵扯着两个人。一幅余味悠长的离别画面，便勾勒在眼前。

本以为，就这样轻轻离去，本以为人生匆匆，过客而已，却在寂静黯然时"忽闻岸上踏歌声"，一群村民踏地为拍，边走边唱前来送行，高声地吟唱着诗歌。汪伦等众乡亲们正在岸上，唱着乡歌，踏着乡舞，热情相送。李白伫立在船头，眼眸里装满了不舍，向汪伦挥手致谢。

这意料之外的惊喜，带给诗人的必然是深深的感动。这样的送别，充满了浓情厚谊，充满了自然洒脱。

尤其是"忽闻"一词，用得十分传神。因为未曾想到汪伦会带领众人来为自己送行，因此，诗人是先闻其声，后见其人。这样的送别方式，也符合汪伦的个性。只有这种不拘泥于俗礼，一切行为都崇尚快乐自由的人，才能与李白成为知己好友。

纵然离别带着些许的沉重，而伟大的友情，却是人生中最珍贵的东西。

也正是因为这样一份珍贵，这首《赠汪伦》才在时光里辗转了千余年，流传至今，也让这古朴的小镇有了记忆，有了灵魂，也让这里的景色更加灵动。

时隔千年，岁月辗转，桃花潭镇古朴风雅，桃花潭水鲜活灵动。清弋江在此蜿蜒缠绵，千百年来生生不息地吟唱着伟大而深厚的友情。

有人将桃花潭的景致比喻成"天然的艺术馆"，拥有这座"艺术馆"的，却是一个曾经再平凡不过的皖南小镇。这座在古时叫作南阳镇的小镇，居住着大量的翟姓居民，后来小镇改名叫作陈翟村，直到20世纪八十年代，又改名叫作陈村。随着桃花潭的名气越来越大，小镇的名字几经更迭，终于变成了"桃花潭镇"。

李白与汪伦对桃花潭的偏爱，让当地的居民感到骄傲，为了给那段来自盛唐的美好友谊做一个见证，他们修建起一座座别具一格的古老建筑。

镇中，一座八角形的三层建筑呈现在眼前。这便是文昌阁，按照清代的旧制，如果某一氏族中出了二十位举人，就可被批准建造一座文昌阁。而镇中居住的翟氏族人，是皖南一带知名的望族。仅是清代初期，翟氏就已经出了二十三名举人。当时的乾隆皇帝恩准翟氏在镇中修建文昌阁，足以见得镇中的居民从未因为偏僻的地理位置而放弃对孔孟之道的研习。

桃花潭镇让皖南的山乡变成了"图画里的乡村"。镇中遍布着古代建筑祠、阁、塔，一百多座雕梁画栋的古老民居，与古老的街道，一同成为古人留给小镇的丰富宝藏。

镇中的翟氏宗祠是一座坐北朝南、五楹三进的宏大建筑。宗祠的建筑风格依然停留在明代，前后三进的院落，占据了千亩地面。一棵棵珍贵的楠木与一块块精美的汉白玉石，携手组成了这样一个庞大而又古朴的建筑，就连雕于石头与木头上的雕刻，也成为保留了几百年的文物。

桃花潭东岸有一座二层楼阁，阁楼底层向街道一面是敞开的，临潭为半圆形门洞。上层为一小楼，供游人凭眺潭上风光。檐下高悬"踏歌岸阁"四字横匾。这下面就是汪伦送李白的地方。从街右侧边门入院，穿院才可上阁。庭院不大，由数间平房四合而成，粉墙黛瓦；又有几竿翠竹，更显雅致。馆内有一块刻着"汪伦府邸"字样的石碑。展台里陈列着李白游皖南、汪伦相送、后世文人题咏等有关历史文物资料。

在岸边，便可欣赏桃花潭的美景，桃花潭一年四季都有云雾缭绕，如梦似幻地守护着当年的那段浓厚的情谊。

九华山·夹天开壁峭，透石蹙波雄

诗词中的许多故事，年少时不懂得去体会。许多唐诗，成年以后再次翻阅，才发现那些简短的诗句当中，吟咏了一段旧日时光，也挽留住了那个时代的记忆回音。

提到唐代诗人，每个人首先想到的是李白、杜甫、白居易等留有千古名篇的大文豪。殊不知，许多并不知名的诗人，因为鲜有诗作与事迹留下，他们的一些绝妙诗句，便成了岁月长河中的沧海遗珠。

关于九华山的名篇有许多，但最值得称道的，要数费冠卿的那首《答萧建》：

自地上青峰，悬崖一万重。

践危频侧足，登堑半齐胸。

飞狖啼攀桂，游人喘倚松。

入林寒瘁瘁，近瀑雨濛濛。

径滑石棱上，寺开山掌中。

幡花扑净地，台殿印晴空。

胜境层层别，高僧院院逢。

泉鱼候洗钵，老玃戏撞钟。

外户凭云掩，中厨课水舂。

搜泥时和面，拾橡半添糇。

渡壑缘槎险，持灯入洞穷。

夹天开壁峭，透石蹙波雄。

润蒻清无土，潭深碧有龙。

畲田一片净，谷树万株浓。

野客登临惯，山房幽寂同。

寒炉树根火，夏牖竹梢风。

边鄙筹贤相，黔黎托圣躬。

君能弃名利，岁晏一相从。

　　身为唐代最著名的隐士之一，费冠卿的生卒年份早已不可考。他在历史上留下的为数不多的痕迹当中，除了一篇《九华山化城寺记》以及十一首被收录于《全唐诗》的诗篇以外，便仅是他于唐代元和二年（807）进士及第，居住在京城长安，等待朝廷为自己委派官职这一事。

　　可惜的是，还没等到官职的费冠卿，却先等到了母亲病危的噩耗。他甚至来不及向朝廷告假，便连夜奔向家乡。

　　从前车马太慢，当费冠卿从长安赶回家乡池州青阳县时，母亲早已经亡故，并且已经被安葬。来不及见到母亲最后一面的费冠卿悲痛欲绝，他在母亲的坟墓旁边搭起一座草庐，为母守孝三年。

　　守孝期满之后，费冠卿没有再回京城。也许是母亲的离世让他看透了生命无常，于是，他来到了九华山，过起了隐居的生活。

长庆二年（822），唐穆宗希望将费冠卿召入京城担任右拾遗，费冠卿却婉言拒绝了。他的仕途，尚未开始，就被自己结束了。费冠卿的一生，从来没有担任过一官半职，也许这种隐居的生活让他坦然而又自在。这种无牵无挂，无须戴着面具做人的人生，正符合了他高洁的品性。

　　九华山所在的池州，便是费冠卿的故乡。选择在这里隐居，也许除了想要饱览九华山的美景，更因为这里临近家乡，不至于有一种无根浮萍的漂泊之感。

　　九华山是中国佛教四大名山之一，因有九峰形似莲花而得名，自古以来，素有"九十九峰"之称。最高峰为海拔1342米的十王峰，山间景色绝美，溪流环绕，银瀑飞流，植被茂盛。山峰高耸入云霄，仿佛出水芙蓉。

　　"自地上青峰，悬崖一万重。"诗人从地面开始，向九华山的高处攀登。

　　开篇的一个"自"字，指的是"从"的意思。"青峰"，代指九华山。

　　"一万重"，则是用来形容九华山的悬崖峭壁之高，其中的"重"字，是"层"的意思。由此可知，"一万重"是一个虚指，并非是九华山真实的高度。

　　这句诗是诗人站在地面仰望九华山所得的景象。九华山的主体，本就是由花岗岩体组成，岩体接触面大多外倾，角度可达40多度。花岗岩体形成了九华山陡悬式中心峡谷，遍布奇峰与怪石。因为早期的岩浆活动十分活跃，也导致九华山的青阳岩体发生强烈的穹形断块隆起，令九华山的高度产生了显著的增加。如此反复下来，九华山便形成了山地错落、险峰插云、怪石嵯峨、幽谷深邃的奇景。

从字面上的含义，便可知诗人此行攀登九华山的时间是夏季，万木葱茏，一派绿色。站在山下放眼望去，九华山便如同一座青色的山峰。

高达万重的九华山并不是那样好攀登的。因此在接下来的诗句当中，诗人便描绘了自己攀登九华山时种种惊险的经历。

"践危频侧足，登垫半齐胸。"想要爬山，就必须在垫垒与垫坑中反复地爬行，有些垫坑之深，甚至几乎与诗人的胸膛平齐。

"践危"一词，本义是身处危难之中。《宋书·孝义传·龚颖》中曾经写道："虽桎梏在身，践危愈信其节，白刃临颈，见死不更其守。"在这句诗中，诗人并非是真的说自己身处险境，只是用来形容九华山路的凶险难行。因此，诗人才频频侧足。"侧足"是将脚侧转过来。这里是形容九华山的部分山路狭窄难行，诗人不得不侧转身体，让身体与山壁平行，才能缓慢地移动过去。

一个"垫"字，便足以代表九华山地形的多样性，这里既有沟壑深潭的垫渊，也有天然的深坑与坑谷。诗人只能手足并用，费了九牛二虎之力才能通过。

"飞狁啼攀桂，游人喘倚松。"古书当中曾提到一种通体黄黑色、尾巴很长的猴子，称作"狁"。也有一些古诗词当中将狁视为猿，《楚辞·九章》中就曾写道："深林杳以冥冥兮，乃猿狁之所居。"

这种猿猴因为尾巴很长，平衡感极好，动作也十分敏捷。常在树林中的树梢之间迅速地攀缘、跳跃，因为行动速度极快，仿佛在树梢间飞翔一般。那一日，诗人在山中所见的便是这种猿猴，它们一面在桂树的树梢上快速地穿行，一面嘴里还不住地发出啼叫之声。

因为山路实在难行，走到此处，诗人已经耗费了大半的体力。"游人"，即是在说与他一同爬山的同路之人，也是在说他自己。因为几乎已经筋疲力尽，爬山之人纷纷依靠在山中粗壮的松树上大口地喘气，仿佛想要从空气中汲取继续前行的力量。

"入林寒痒痒，近瀑雨濛濛。"关于"痒痒"一词，汉语中有许多解释。不过放在本诗当中，是代表欢畅的意思。明人袁宏道在《伯修》中写道："游龙洞，观无碍居士旧迹，不胜痒痒。"

与袁宏道一样，费冠卿也是在用"痒痒"一词表达自己进入九华山山林中的欢畅心情。正值夏季，空气炎热，再加上一路攀登，更是暑热异常。如今进入树林之中，周身遍布着林中特有的寒凉之气，这让诗人感到通体舒畅，就连心情都愉悦了起来。

林中有一处瀑布，循着水声，诗人来到瀑布近前。飞流直下的瀑布溅出无数水花，落在游人们的头上与身上，仿佛下了一场蒙蒙细雨，十分凉快。

"径滑石棱上，寺开山掌中。"在许多唐诗当中，都曾出现过"石棱"一词，其含义指的是多棱的石头。杜甫在《西阁雨望》一诗中曾写道："径添沙面出，湍减石棱生。"唐代诗人于鹄在《过凌霄洞天谒张先生祠》一诗中写道："面壁攀石棱，养力方敢前。"

九华山本就由花岗岩构成，越向山上行走，空气中的湿气凝结于花岗岩上，便会显得道路越湿滑难行。"径"字也就是"道路"的意思。

不过，虽然山路湿滑难走，诗人却收获了独有意境的美景。他将整座九华山比喻成一个展开的手掌，在掌心之处，有一些寺院建筑。一个"开"字用得十分绝妙，重重寺庙殿宇，如同开于山中的莲花，典雅娴静，装点着山中的景色。

"幡花扑净地，台殿印晴空。"站在寺院之外，诗人见到寺庙中的幡花伴随着徐徐清风，轻轻拍打在佛门净地之上。寺庙中的亭台殿阁，立于晴空之下，仿佛结成了印相，象征着佛家的法德。

寺庙中供佛所用的幢幡彩花，便被称作"幡花"，也被称作"幡华"。唐人康骈在《剧谈录·真身》中写道："坊市以缯彩结为龙凤象马之形，纸竹作僧佛鬼神之状，幡花幢盖之属。"

"台"，一般是用来指高大而平坦的建筑物，而"殿"，则是泛指高大的房屋，也用来指供奉神佛的大厅。诗中的"印"字，并非是平常所代表的印鉴、印信等，因为出现在与寺庙相关的诗句当中，则是用来指"印契""印相"之意，是用手指结成各种形相，以作为法德的标志，这也是佛学中的一个词语。

"胜境层层别，高僧院院逢。"在攀登九华山的过程中，诗人每攀登上一层，都会收获别样的美景，同时，也会与刚刚经过的那一层美景作别。来到寺院林立之处，每经过一个院落，都会与得道高僧相遇，诗人不禁感叹，九华山的确是一座蕴藏佛法之山。

风景格外优美的地方，便会被称为"胜境"。唐人康骈在《剧谈录·曲江》中写道："曲江池，本秦世隑洲，开元中疏凿，遂为胜境。"一个"别"字，被诗人赋予了多重含义。只有特殊的事物，才会用"别"字来形容。例如，宋代诗人在《晓出净慈寺送林子方》中的"映日荷花别样红"。费冠卿用这个"别"字，道出了九华山中景致的别致与新奇，同时，又与下一句中的"逢"字相互对仗。

"泉鱼候洗钵，老玃戏撞钟。"这句读来，让读者立刻能感受到山中寺院里的活泼氛围。虽然寺院为佛门清净之地，但僧人与自然中的一切生物都能做到和谐相处，自得其乐。泉水中的鱼儿似乎早已经习惯了在僧人用食之后等待在泉边，僧人洗钵之时，鱼儿便能饱餐一顿。山中的老玃也从不惧怕寺院中的僧人，时常爬到寺院的大钟旁边，顽皮地敲钟取乐。僧人对此也不怪罪，只道是猴儿贪玩。

"洗钵"本是一句佛教术语，用食终了，清洗钵盂，便称为"洗钵"。寺庙中的僧人会在山中的泉水边洗钵，泉中的鱼儿便纷纷等候在泉边，期待以僧人钵盂中剩下的饭菜为食。

"玃"是古书中所说的一种体形较大的猴子，《吕氏春秋·察传》中曾记载："故狗似玃，玃似母猴，母猴似人。"

"外户凭云掩，中厨课水春。"寺院的大门被山中的云朵掩映，寺庙的厨房也都依靠水碓来春米。这是在说僧人的生活虽需劳作，却也怡然自得。

"外户"，一般作为大门的统称。"凭"，则是依靠的含义。

　　"中厨"，一般指内厨房，《玉台新咏·古乐府〈陇西行〉》中写道："谈笑未及竟，左顾敕中厨。""水舂"，在这里指的是水碓，是古时农家借助水力来舂米的工具。

　　"搜泥时和面，拾橡半添稑。"这句诗是在描写寺院中僧人的日常食物。僧人食素，他们的食物大多是搅拌一些面糊，再添加一些在山中捡拾而来的橡果，以及自己种的谷物而已。"橡"，是橡果；"稑"，是一种早种晚熟的谷物。

　　"渡壑缘槎险，持灯入洞穷。"从这一句开始，诗人离开了途经的寺庙，继续在山中探险。沿着参差不齐的岩壁向险而行，终于度过了一处山中沟壑。之后，他的面前出现了一处山洞，他手持一盏灯，走入山洞，一直走到山洞的尽头。

　　"壑"，深谷。"缘"，沿着。"槎"，形容参差不齐的样子。"穷"，尽头。

　　"夹天开壁峭，透石蹙波雄。"诗人来到的这处山洞，夹在两侧的悬崖峭壁之间。透过石头的缝隙，可以看到水波带起的强劲旋涡。

　　"润蔼清无土，潭深碧有龙。"那潭水是一汪碧色，深不见底，诗人猜测，像这样充满灵气的深潭，一定有龙生活在潭水当中。

　　诗中的"蔼"指树木生长繁茂的样子，"润蔼"，形容山中的潭水滋润着山中的草木，形成一片繁茂的景象。诗人眼前的树木，深深地插入到潭水当中，根本看不见土壤，仿佛只需要潭水的滋润，就可以永久地繁茂下去。

"畬田一片净，谷树万株浓。"山中想必也有农户居住，诗人偶尔途经一片被开垦好的农田，那田地被种田之人整理得整齐而又干净，田地里种满了庄稼，长得十分茂盛。

　　"畬田"，即田地，杜甫曾在《戏作俳谐体遣闷》中写道："瓦卜传神语，畬田费火耕。"刘禹锡也在《畬田作》一诗中写道："何处好畬田？团团缦山腹。"

　　"谷树"，指代田地里的庄稼。

　　"野客登临惯，山房幽寂同。"游走在九华山，诗人沿途收获了无数美景。看到片片农田，他忽然有些羡慕住在山中的农户。这些山水美景，他们每天都能见到，一定已经习以为常了吧。再看看山中村民居住的房屋，每一间都是那样幽静与清净，已经脱离了世俗的纷扰。

　　古时的文人，喜欢将隐逸之人称为"野客"，不过，在这首诗中，"野客"一词，指的却是在山中乡野居住之人。

　　"登临"，是登山临水之含义，通常用来泛指游览。唐代诗人孟浩然在《与诸子登岘山》一诗中写道："江山留胜迹，我辈复登临。"一个"惯"字，则代表着习以为常。

　　"山房"一词同样有多种含义，但在此诗中则代表山中的房舍。"幽寂"一词，则代表幽静与清净。唐代诗人长孙佐辅在《山居》一诗中写道："看书爱幽寂，结宇青冥间。"

　　"寒炉树根火，夏牖竹梢风。"这一句是诗人对山中农户生活的想象，冬天，农户们可以砍来山中的树根燃烧取暖，夏天只要打开窗户，山间掠过竹林的微风就能吹入室内，一片清凉，这种自给自足的生活该是多么惬意。

唐人罗邺在《冬夕江上言事》一诗中写道："僻居多与懒相宜，吟拥寒炉过腊时。"与本诗一样，"寒炉"，都是指代冬天的火炉。"夏牖"，则是指代夏天的窗户。

"边鄙筹贤相，黔黎托圣躬。"边疆之地的治理，要靠朝中的贤明之臣来筹谋，至于黎民百姓的生计与平安，则要拜托给圣明的皇帝去处理了。

"边鄙"一词，指边疆或是边远的地方，唐代诗人陈子昂在《为乔补阙论突厥表》中写道："则千载之后，边鄙无虞，中国之人，得安枕而卧。""黔黎"，代表黎民百姓，西晋文学家潘岳在《西征赋》中写道："愿黔黎其谁听，惟请死而获可。""圣躬"，指代皇帝。

"君能弃名利，岁晏一相从。"作者认为，如果萧建能舍弃功名利禄，用不了多久，人间的真理就能与他永远相随了。

古时将一年将尽的时候称为"岁晏"，唐代诗人白居易在《观刈麦》一诗中写道："吏禄三百石，岁晏有余粮。""一相"，本是佛教术语，代表唯一的真相，所谓"一真法界之相。从本以来。离虚妄相。离言说相。离名字相。离一切诸法之相。故名一相"。

最后两联，诗人终于点题，是对萧建所说之语。这也是诗人自己内心的真实想法。隐居山中多年，费冠卿早已舍弃了对功名利禄的追求。他觉得，这样的生活才是自己真正想要的，与真理相伴，独善其身。至于为国分忧之事，就交给皇帝和朝中的贤臣吧。

萧建其人，是费冠卿的好友。费冠卿隐居九华山期间时常与萧建、张籍等人互有唱和。尤其是当时担任礼部侍郎的萧建，是费冠卿在落榜之时结识的朋友。这一首《答萧建》，也生动地描绘了一幅九华山美景图，在当年也被传为一时佳话。

九华山文化底蕴深厚。除了费冠卿，晋唐以来，陶渊明、李白、杜牧、苏东坡、王安石等文坛大儒游历于此，吟诵出一首首千古绝唱。李白曾三上九华，写下了数十首赞美九华山的不朽诗篇，尤其是"妙有分二气，灵山开九华"的诗句，成了九华山的"定名篇"。

历史的洪流，辗转流淌过一个又一个朝代，九华山静默矗立，以最美的姿态和博大的胸怀，接纳着普世的悲欢，接纳着各怀心事的旅人，聆听着世间种种故事。

古意西安

西安·天街小雨润如酥，草色遥看近却无

春季是一年的开始，就连绒绒细雨都带着轻盈柔美的姿态。被一整个冬天的大雪洗礼过的世界，仿佛一尘不染，以宁静的姿态，迎接这个活泼的季节。

一年四季，四时四景，每一个季节，每一种景色，都值得用唯美的诗句去歌颂，去赞美。说到早春，那一句"天街小雨润如酥，草色遥看近却无"立刻就会呈现在脑海。春季那似到非到的景象，也正像极了早春顽皮的个性。明明已经到来，却要与整个世界捉迷藏。

《早春呈水部张十八员外二首》，赞美了京城长安的早春景色。

其一

天街小雨润如酥，

草色遥看近却无。

最是一年春好处，

绝胜烟柳满皇都。

其二

莫道官忙身老大，

即无年少逐春心。

凭君先到江头看，

柳色如今深未深。

　　韩愈名列"唐宋八大家"之首，也是唐代古文运动的倡导者，在中国文学史上是划时代的人物。他跟柳宗元并称"韩柳"，后人称他是"文章巨公"，是"百代文宗"。再后一些，人们将他与柳宗元、欧阳修和苏轼合称"千古文章四大家"。

　　韩愈自幼孤苦，虽然父亲曾官至秘书郎，但在韩愈3岁时就离世了。他由兄长和嫂嫂抚养长大，兄长、嫂嫂视他如己出。12岁时，不幸，兄长韩会也英年早逝，之后，他与嫂嫂过着相依为命的困苦生活。韩愈自念是孤儿，从小便刻苦读书，立志考取功名。在唐代，科举考试是一条重要的当官途径，对于寒门士子来说尤其如此。

　　但是，科举之路也并不是一帆风顺的，特别是对当官非常重要的进士科考试更是难上加难。贞元八年（792），25岁的韩愈第四次参加科考，终于考中进士。贞元十七年（801），通过铨选，韩愈被任命为国子监四门博士。这个职位的等级虽然不高，但此时的韩愈在学术界已颇有名气。《师说》一文正是出自这一时期。在当时耻为人师的大环境下，韩愈以身作则，广收门徒。他的门下聚集了如张籍、李翱、侯喜等弟子。张籍年龄比韩愈还大两岁，却甘拜韩愈为师。

这首诗就是赠予当时担任水部员外郎的弟子张籍。张籍同样也是一名诗人，因为在兄弟辈排行十八，因此被好友称为"张十八"。

这首诗作于唐穆宗长庆三年（823）早春，当时的韩愈已经56岁，也是韩愈离世的前一年。在此前一年九月，韩愈转任吏部侍郎。当时的他，心情大好，因为在此前的镇州（今河北正定）藩镇叛乱过程中，他曾奉命前往宣抚，说服叛军，平息了一场叛乱。因此，韩愈才从兵部侍郎被升任为吏部侍郎。韩愈是老当益壮，雄心不老。

那年，早春到来，韩愈游兴大发。他相约同是诗人的当时任水部员外郎的张籍，一起去踏春游玩。而张籍当时比韩愈稍大几岁，已经是年近花甲了。他以年老体衰为由，婉言谢绝了韩愈的邀请。于是，韩愈创作了这首诗，在诗中尽情描绘了早春景色之美，希望借助此诗激发张籍的兴致。

只可惜，张籍此行是否与韩愈同游，历史上并无确切的记载。同年六月，韩愈升任京兆尹兼御史大夫，任职不久，便因不参谒宦官而被御史中丞李绅弹劾。二人争辩许久，宰相李逢吉趁机奏称二人关系不合，将李绅调往浙西任观察使，又将韩愈降任为兵部侍郎。好在，唐穆宗后来知晓了其中的真实缘由，又将韩愈升任为吏部侍郎。

官场之中，起起伏伏，跌跌撞撞，时有发生。晚年的韩愈早已看透了一切，一切浮华都不如眼前的美景来得实际。

"天街小雨润如酥，草色遥看近却无。"京城长安的街道上空，春雨纷纷落下，如同酥油般细密而又滋润。在春雨的滋润下，路边的青草远远望去已经连成一片春色，不过当

第八章　古意西安 | 223

走到近前，却又发现刚刚长出的小草嫩芽显得稀疏零星。

"天街"，指的便是京城长安的街道。长安便是西安在古时的称谓，这里也是历史上第一座被称为"京"的都城。自古以来，西安便是一座帝王之都。早在周文王时期，就定都于此，武王即位之后，又建镐京，因此西安如今的简称便为"镐"。汉高帝七年（200），国都迁至此处，因取"长治久安"之意，将这里命名为长安。几千年来，西安经历了数次朝代更迭，虽然昔日的帝王都已化作一抔黄土，但古城西安还保留着当年的繁华与厚重的文化底蕴。那是中华民族几千年来文化的沉淀，一直以来，它仍在默默地延续，也触动了诗人的心弦。

"酥"是指动物的油。在诗中用来形容春雨的细腻，如酥油一般。

诗中的任何一个文字，都没有华丽的色彩，诗人却凭借简朴的字句，真实地再现了京城长安的早春景色。"小雨"与"草色"，突出了早春时节的清新之感，仿佛没有任何修饰，只用口语般的描述，就已经让一幅早春美景图呈现于读者面前。能用平淡的字句描绘出不平凡之景，才真正能见出诗人的文学功底。

都说春雨贵如油，诗人在这里用"酥"来形容春雨，想象一下，刚刚升迁心情大好，又沐浴在这美景之中，蒙蒙的小雨打在脸上，应当是既软又滑，酥酥麻麻的感觉。如油般珍贵的春雨滋润着青草，在远方明明有一抹淡淡的绿色，可是走到跟前却又看不到，朦朦胧胧的。

在长安，所谓早春，便是指农历二月。这一时节，长安的冬季尚未彻底过去，春天也还未正式来临。就在冬春交界之际，下了一场小雨，一场春雨一场暖，仅仅过了一夜，小草便冒出嫩芽，迫不及待地宣告早春的到来。

那"遥看近却无"的绿色，在诗人眼中，就是早春的颜色。如此俏皮可爱的景象，顿时让诗人心中充满无尽的诗意。这样的颜色让诗人产生欣喜之情，哪怕走近之后只是稀疏的景象，也没有影响他因春日到来而产生的喜悦。

韩愈是一位擅长以文字作画的诗人，寥寥数语，便能传神地勾勒出一幅长安早春图。

"最是一年春好处，绝胜烟柳满皇都。"诗人希望通过这句诗告诉好友张籍，此时是长安城中一年最美的时节，远远胜过绿柳满城的春末季节。

"最是"，正是。"绝胜"，远远胜过。"皇都"，即长安。

这两句诗在前两句的基础上，又对长安早春美景进行了进一步的赞美。早春的小雨与草色，是一年春光之中最美的东西，晚春的满城烟柳与此时的美景完全无法作比。

古人咏春，大多喜欢赞赏春末夏至之景，唯有韩愈是个特例，偏偏喜爱早春之景，甚至还专门与晚春之景作比。这是韩愈的个人喜好，却也因此让人对早春之景多了几分关注。的确，在严寒尚未褪去的季节，突然之间便出现了美妙的草色，这场景多么让人欣喜，生机勃发的季节终于来临。

优美的诗句加上细腻的刻画，几乎让读者忘记了早春时节的乍暖还寒，周身弥漫着雨后湿润、清新与舒爽之感。韩愈的这首诗，抓住了早春的灵魂，细节的刻画更是引人无穷寻味，仿佛就连一幅丹青勾勒的长安早春图都无法与之媲美。

韩愈在创作这首诗时，将自己敏锐的观察力彰显得淋漓尽致。在他的笔下，仿佛季节也成为一种艺术，每一个季节，都蕴含着独特的艺术美感。

"莫道官忙身老大，即无年少逐春心。"这句诗的前半句，是重复张籍在回信中的说辞，并且加以否定。张籍在给韩愈的回信中称自己公事繁忙，并且年岁已大，无暇去欣赏春日美景。"身老大"一词，便是年纪大的意思。

诗人是在通过这句诗奉劝好友张籍，不要说因为公事冗杂，年纪又大，就失去了像少年一般追赶春天的心情。

"凭君先到江头看，柳色如今深未深。"这里的"凭"字，是"请"的意思，诗句中提到的"江"，是指位于唐代长安城东南角的曲江。在当时，曲江是长安的游览胜地，许多文人墨客都喜欢徜徉曲江畔，寻找创作诗词歌赋的灵感。

这一句诗同样是诗人对张籍的劝说之句。他想请张籍忙里偷闲到曲江边游览一番，顺便看看如今的柳色是否已经很深。

这两首诗虽是为同一人所作，笔墨却分别着重于不同的内容。第一首诗着重于景色的描绘，希望通过早春美景，吸引好友从繁忙的公务当中抽身，感受一下自然的美好。第二首诗则着重于抒情，更有些类似苦口婆心的劝说，希望通过自己真挚的话语打动好友，让他不要错过人间难得的春色。

谁说只有少年才有逐春的资格？谁说只有少年才有逐春的兴致？人间的美好，人人都有追逐的权利，无论是黄口小儿，还是耄耋老翁。

经历过升官贬官的韩愈，也经历了人世变迁，世事沧桑，人生之苦，他已经充分体会过，如今的他，已经变得释然。与其被冗杂的公务捆绑住手脚，不如忙里偷闲趁着早春游览一番，好好地散一散心。

韩愈一生，留下许多揭露现实矛盾、表现个人失意的佳作。这些诗篇，完全代表了他胸怀宽广的个性，以及喜欢猎奇的喜好。对于新鲜、雄奇的事物，韩愈总是极力去追求，他生性豪放，又愿意提升自我修养。他的周身，散发着一种敢作敢为、睥睨万物的气质。

韩愈的诗中，总是蕴含着强烈的是非观，他从不为权贵所屈服，这也导致他在官场中屡屡遭受打压。可这些都没能影响他对自然的审美与情趣，只不过，当心怀愤怒之时，他的文字也会呈现出一种怨愤与激动的情绪。

在作诗时，韩愈敢于采用各种大胆和创新的写法，有些词句甚至超乎人之常情，却又令人觉得在情理之中。因此，清代诗论家才评价韩愈的诗"为唐诗之一大变"，也许这就是韩愈诗歌的最大特点。

也正是这份鲜明的特色让他的诗意穿透了时间的壁垒和朝代的兴衰，流传至今。时至今日，长安城的春色仍浸透着韩愈的墨香，惹人回想。

长安，一个被赋予了光芒数不胜数的地方，一个承载了太多文人墨客思念的地方，它不只是一个国都、一个盛世，更是千百年来，很多人心中的情怀。

渭城·客舍青青柳色新

　　许多出现在生命中的人，最终都变成了生命中的曾经。送别一位友人，就如同送别一段生命中的过往。当怀念满溢，再次张开双臂，也只能拥抱住那自远方吹来，微凉又湿润的风。

　　读王维的《送元二使安西》，便可以感受到这首七绝中满载的离别之情：

> 渭城朝雨浥轻尘，
> 客舍青青柳色新。
> 劝君更尽一杯酒，
> 西出阳关无故人。

　　出生于武后长安元年（701）的王维，仿佛与生俱来便顶着一个才子的头衔。他的才华，从幼年时便已经街知巷闻。既能写得一手好诗，又能画得一手好画，就连在音乐方面，王维也有着过人的天赋。于是，15岁的王维初入京城，便成为京城中王公贵族的宠儿。

　　唐玄宗开元十九年（731），进士及第，任太乐丞，教习音乐、舞蹈。同年秋，因太乐署中伶人私自舞黄狮子（专供皇帝观赏的舞蹈），被贬为济州（今山东茌平区西南）司仓参军。之后，他又担任了不同官职。直至安史之乱爆发后的上元元年（760），也就是他去世的前一年，升为尚书右丞，因此后人称他为王右丞。

在为官期间，原本满怀一腔热血想做一番事业的王维，经历了官场的沉浮、人世的变迁，看透了很多事情，所以他开始参禅悟理、休养生息。于是，在空闲时间，他在终南山脚下辋川山谷（今陕西蓝田县西南）建了一所园林式的别业，过着半官半隐的生活。同时，也作为他母亲奉佛修行的隐居之地。母亲崔氏一生笃信佛教，王维深受她的熏陶，也虔诚奉佛。他的名和字——维和摩诘，都是取自《维摩诘经》中深通大乘佛法的维摩诘居士。这所别业原是诗人宋之问所有，那里有山有湖，有林有谷，其间散布着若干馆舍。王维的好友很多也是在这里，他接朋会友、吟诗作画，度过了愉快的后半生时光。诗人裴迪是王维的好友，时常与王维小聚住于此。二人被那里寂静的田园山水所陶醉，于是结伴同游、赋诗唱和。在辋川的日子里，王维开启了创作山水诗的灵感。《辋川集》就是二人在游玩期间对每个景点创作的山水诗的合集。此外，王维还画了一幅《辋川图》长卷，对辋川的景点做了逼真、细致的描绘。

王维生活在辋川，创作在辋川，死后又葬于辋川。辋川是王维一生中居住时间最长的地方，也是他一生中从事创作活动最重要的场所。

这首《送元二使安西》，也叫《渭城曲》，作于安史之乱以后，是王维晚年为好友所作的一首赠别诗。诗题中所提到的安西，是唐朝中央政府为统辖西域地区而设的安西都护府的简称，治所在当时的龟兹城（今新疆库车）。好友姓元，因为在家中排行第二，所以他的好友们都称他为元二。他是奉朝廷的使命出使安西。当时，自长安赴西域，必经渭城，出阳关或玉门关。而渭城便是秦都咸阳故城，位于长安西北，渭水北岸。早在夏朝时期，这里曾是有扈氏的封地，到了商代，又被命名为"郢"，是帝喾时司天官吴回的后代的封地。周武王伐纣之后，又将此地封予其弟毕公高。从秦孝公开始，正式将这里更名为咸阳，秦国的五位君王以及秦始皇与秦二世两位皇帝都定都于此。直到汉武帝时期，将咸阳故城更名为渭城县。

在当时，边关调动频繁，得知好友即将调任安西，王维等一众好友便为他举办了一场送别的酒宴。前一日刚刚下过的一场小雨，让早春的渭城多了几分绿意。在春雨的滋润之下，路边的柳树也冒出了青绿色的嫩芽。

当时的友人之间，有折柳送别的习俗。因为好友即将远行，刚刚呈现的春色也无法缓解酒宴之上的伤感之情。没有人知道，这一次分别，会不会是永别。

酒宴过后，好友的车马即将启程。在离别之际，王维拿出随身携带的古琴，为好友弹起了一首曲子，口中的唱词，便是自己刚刚即兴所作的这首诗。

一曲唱罢，王维端起酒杯，与好友相对。二人默默饮下一杯离别之酒，从此便各自天涯，难得重逢。

"渭城朝雨浥轻尘，客舍青青柳色新。"首句开头便点出了此次送别的地点是在渭城，"朝雨"一词又点出了送行的时间是在早晨。"浥"字在本句诗中起到形容词的作用，是形容渭城街路上的尘埃被雨水打湿，一片清新的氛围。

古时将旅店称为"客舍"，也许在出使安西之前，这位姓元的友人在旅店中暂时居住，也许是好友们为其举办的送行酒宴是在一家旅店里面。无论如何，这家旅店的环境是十分清幽的，四周被柳树环绕，一场春雨过后，柳树都冒出了嫩芽，仿佛为这家旅店装点出一片绿色的屏障。

这场送别酒宴，也许整整持续了一夜。一众好友，有诉不完的友谊、道不完的别离。大家知道，当太阳升起，清晨来临，便是好友出发的时候了。没承想随着清晨一同来临的，还有一场早春时节淅淅沥沥的小雨。这场小雨来得刚刚好，将渭城的尘土洗涤得一干二净。雨后的空气是那样清新，旅店周围的柳树也显得更加青翠。

短短两句诗，就足以见出诗人深厚的文学功底。仅用十四个字，诗人就交代出了送别的时间、地点、环境。原本，清晨的雨，冒出嫩芽的柳树，都是再平常不过的日常情景，却因为承载了离别的氛围，而拥有了更多感情的色彩。

诗人通过这两句诗，着重强调此时此刻氛围的清新。这清新完全得益于清晨的那一场"朝雨"，虽然时间不长，却足够让泥土湿润，也让从渭城前往安西的大路上的尘土暂时平息。

王维显然是在替自己的好友感到高兴，这一路至少不用忍受车马激起的飞扬尘土，这样洁净而又清爽的空气，能够带来沿途的一份好心情。

一个"浥"字，完美地形容了这场朝雨的恰到好处。这场雨不大不小，既不会让道路泥泞湿滑，也刚好能压下空气中的尘埃。这是一段旅程完美的开始，也是诗人在强自压抑离愁。他故意以一种轻松的姿态为好友送别，就是不希望好友带着忧愁上路。

与此同时，诗人没有刻意营造出黯然神伤的姿态，也为读者带来了一种轻柔明快的阅读感受。

"劝君更尽一杯酒，西出阳关无故人。""阳关"，地名，位于如今的甘肃省敦煌市西南，因在玉门关之南，故名，是古时通往西域的要道，是中国古代陆路对外交通咽喉之地，是丝绸之路南路必经的关隘，和玉门关同为当时对西域交通的门户。

诗人想在好友临行之前再敬一杯酒，让他记住好友之间的深厚情谊。并且，诗人也深情地叮嘱友人，一旦向西走出阳关，就再难见到老朋友了，以后的日子，只能各自珍重。

在这杯送别之酒之前，一众人等已经为元姓好友举办了一场送别酒宴。可诗人却并没有着意去描写酒宴上频频举杯的场景，更没有描写朋友之间是怎样一番话别的局面。他只用这一杯践行酒，承载了自己对好友的依依不舍。一切话语，都融化在酒里，好友在喝下酒的同时，便已经能读懂诗人的心声。

如果将一首长诗比喻成一部电影，王维的这首七言绝句则可以比喻成一帧定格的画面。通过这幅画面，读者可以联想出很多的内容，比如好友们如何为元二送别，如何在酒席上殷殷叮嘱，依依不舍的情感究竟有多强烈。

元二的这次出使，注定是一段漫长的旅程。阳关位于河西走廊尽头，与北面的玉门关相对。走出阳关，便来到了西域的地界。在盛唐时期，西域与内地往来十分频繁，出使西域对于唐代官员来说也是莫大的荣誉。

只不过，虽然是荣誉，却依然要面对西域穷困荒僻的现实。渭城距离阳关还有千里之遥，诗人可以想象，好友这一路上要经历多少艰辛与寂寞。

再多的酸甜苦辣，他都无法代替好友去面对，只能寄托于眼前这一杯酒，让好友感受到自己浓厚的情意。至少在寂寞的旅程中，当好友想起自己时，内心不会是空虚的吧。

祝愿的话语太俗，身为文人，诗人不愿去说那些殷殷叮嘱之语。一切尽在酒中，更加彰显了诗人的豪气。

这一杯酒，能让好友远行的步伐再拖延一点点时间。哪怕是这一点点时间，在即将分别的友人之间依然是珍贵的。其实，诗人也有许多话想要和好友说，只是所剩的时间不多，一时又不知该从何说起，一杯酒，可以打破彼此之间的沉默，也能让对方更加懂得自己的不舍。

在唐代，梨园乐师们经常将当时最著名的诗词谱上曲，在宴会或酒席上传唱。王维的诗词在当时极为著名，王维本人又精通音律，因此，他的诗在当时传唱度十分高。

这首《送元二使安西》被谱上曲之后，名为《阳关三叠》，也有人称其为《渭城曲》。也许就连王维自己都不曾想到，"渭城曲"会如此迅速地传唱开来，在当时，每当有人送别朋友，便会一遍又一遍地吟唱这首歌。

到后来，不只民间百姓会唱，就连皇宫之中，王公贵族的宴会间也会有人演唱这首歌。如果有哪位乐师不会唱这首歌，甚至还会遭到同行的取笑。

《渭城曲》流传千年，吟诵着小城的历史，在诗意的唱和中，闪着柔和的光辉，留下一段余韵悠长的回想。

终南山·白云回望合，青霭入看无

光阴总是能记录下岁月美好的点滴，如同一卷老旧的胶片，一帧一帧地定格着人生长路之中的每一个镜头。光阴如此，诗词亦是如此。那些或短或长的字句，无一不在见证着诗人对于人生的用情至深。

古时的许多文人，都曾萌生过隐居的念头，就连一生游遍无数山水的李白，也曾于庐山短暂地隐居。诗人王维，同样也是一个将隐居的梦想变成现实的人，他的那首《终南山》，就是在隐居终南山的岁月里所作：

> 太乙近天都，连山接海隅。
>
> 白云回望合，青霭入看无。
>
> 分野中峰变，阴晴众壑殊。
>
> 欲投人处宿，隔水问樵夫。

开元二十八年（740），王维被升任为监察御史。然而，此时的唐朝，已经走到了开元盛世的末尾，许多与王维相熟的能人与贤臣，如张九龄、李白、孟浩然等人，已经纷纷离开了长安。

此时的长安，在王维眼中是那样陌生。放眼如今的朝堂，宰相李林甫只手遮天，朝中官员无一人敢反抗。唯一敢正义直言的好友王昌龄，也已经被朝廷贬离了京城。

四十岁的王维，第一次感觉到自己竟然是如此厌倦官场。然而，朝廷却在此时下达了命令，任王维去岭南主持当地的官吏选拔。

有一个离开京城的机会，王维忽然觉得自己有了一息喘息的空间。接到这一任命，他是有些兴奋的。为此，他特意提前启程，绕道襄阳（今湖北襄阳）、郢州（今湖北钟祥），经夏口（今湖北武昌）去往岭南。他这样做的目的，就是趁机去襄阳拜访一下昔日的好友孟浩然。孟浩然与王维一起开创了唐诗的山水田园诗派，合称"王孟"。虽然他们的经历不同，王维一直为官，而孟浩然从未出仕，但他们志同道合，有着共同的精神追求。

自从上次一别，两人已经多年未见。这期间，孟浩然曾经三次来到长安，二人却都阴差阳错地错过相见了。

在临行之前，王维特意给孟浩然写了一封信，告诉他自己即将前来拜访。为了早日到达襄阳，王维还专程选择了水路。只要一想到能与老友团聚，王维的心情就不禁一阵轻松。

然而，当行船在襄阳靠岸，王维却并没有见到孟浩然的身影。也许是孟浩然有事误了时间，也许是他没有接到自己的信。王维这样想着，便索性径直来到了孟浩然居住的草庐。谁知，等待着他的，却是孟浩然早已去世的噩耗。

好友的离世，引来了王维的一场恸哭。眼泪还不足以表达他失去好友的悲伤，他还专门创作了一首《哭孟浩然》，用诗词对自己的好友进行悼念。

没想到，祸不单行。当王维再次启程，去往岭南的路上，又接到了好友张九龄病逝的噩耗。向来修禅礼佛的王维，更加感叹人生无常。此时的他，心灰意冷，当完成公事，回到长安之后，便过起了诵经念佛的半隐居生活。

终南山是秦岭山峰之一，在今西安市南，又称南山。王维的辋川别业就是建在终南山脚下的下辋谷内。

"太乙近天都，连山接海隅。"高耸的终南山靠近长安，它的高度几乎已经抵达天帝的居所。那山峦绵延不绝，仿佛一直伸向遥远的海边。

"太乙"，又作太一、太白，是终南山的主峰，也是终南山的别名。"天都"，原本是传说中天帝的居所，这里用来指代京城长安。

"海隅"，本指海边，终南山根本不可能连接到海边，诗人只是用这一词来夸张地形容终南山之大、之广。

虽然此句略显夸张，但已经让终南山的大体轮廓呈现在了读者面前。因为这个轮廓实在太大，诗人不得不通过远景的写法来描述，因为一旦靠近，就无法观察终南山的全貌。

遥望终南山之时，诗人是站在平地上的。因此，他眼中的终南山是那样高耸，几乎直插天庭，那山峦一眼望不到尽头，也许在山的那一边，就会与海相连。

"白云回望合，青霭入看无。"进入山中，行走在陡峭的山路上。回头看去，身后的白云合在一起，遮住了视线；向前看去，云气缭绕升腾，等走近时，却什么也看不到了。

"青霭"，山中的云气。

写下这句诗时，诗人已经走进了山中，此句诗自然是在描写近景。"回望"一词与"入看"一词对仗，望的是自己刚刚走过的路。他的眼前，是一片白云弥漫，让他几乎看不清路，也看不见山中的景物。可是，他又想要继续向前走，仿佛这样能让自己感觉来到仙境，在白云中遨游。

每当诗人前进一步，身前的白云就会向两边分开，如果再次回头看，便会发现刚刚分开的白云又再次合拢，眼前所见的，依然是茫茫云海。此情此景，完全可以用奇妙来形容。

过了一会儿，诗人终于从茫茫云海中走出，可是，不远的前方又是迷蒙的青霭，近到仿佛伸手即可触碰。可是，当他走入青霭之中，却根本看不见、摸不着，当回头望去，又能见到迅速合拢起来的青霭，仿佛是在有意躲避着行人。

烟云是多变的，如同变幻莫测的人生。诗人知道，终南山中有许多怡人美景，光是奇花异草、怪石清泉、苍松翠柏，就值得他流连许久。可惜，这一切的美好都被白云与青霭阻隔住了，令他无法看得真切。

"分野中峰变，阴晴众壑殊。"这句诗是在形容终南山的地域之广，那山脉连绵不绝，中峰的两侧属于不同的分野。因为终南山如此之大，山川里的天气竟然也不尽相同，有的地方晴空日照，有的地方却阴云密布。

"分野"，即古人用二十八星宿星座的区分来标志地上的州郡界域，即不同的地区分属于天上不同的星宿的方法。"壑"，山谷。"殊"，不同。

写这一句诗时，诗人已经站在了终南山的"中峰"之上。唯有站在这里，才能将终南山脚下的美景尽收眼底。终南山是那样辽阔，却也不至于在同一座山中拥有不同的天气。这一切都是因为山石与阳光之间的角度，有的山石迎着太阳，映出浓烈的阳光；有的山石则背对着太阳，无法笼罩在阳光之下。

"欲投人处宿，隔水问樵夫。"到了傍晚，想找个人家住上一夜，好明天继续游玩。但山深人稀，只好隔着深深的涧水去问砍柴的樵夫。

"人处"，指有人居住的地方。

这首诗妙就妙在，每一句都没有提到"我"，却让人句句都能感受到有"我"。诗人就是"我"，就是整首诗的第一人称。每一句诗，都是他的所见、所感，尤其是最后一句，还有所说。

这两句又含蓄地表达出诗人对终南山雄奇幽美景色的欣赏、赞叹之情。正因为景色如此壮丽、奇幻、幽美，诗人才在山中游览终日，流连忘返，直到日暮，才隔水向樵夫打听宿处，还要留在山中继续游览。王维喜欢参禅礼佛，个性喜欢清静，山中的清幽正好符合他的喜好，如果可以，他情愿远离世俗，永远隐居于山中。

整首诗既有景，又有物，还有人，宜动宜静，有声有色。这就是王维创作诗歌的艺术方式。他从不追求全面，只通过一两个场景或事物的描写，就能将整个大场景烘托得更有情致，这便是所谓的以少胜多。

王维的每一首诗，都是一幅古画，上面有巍峨的群山，也有潺潺的溪水。空谷幽兰，参透了禅意。北宋文学家苏轼曾说："味摩诘之诗，诗中有画；观摩诘之画，画中有诗。"

　　在王维的笔下，诗中的终南山，是朦胧的，仿佛笼罩着一层轻纱。而正是因为这份朦胧，才令终南山的美景更多了一些让人向往和回味的东西。

第九章

沧桑甘肃

武威·春风不度玉门关

壮美的西北，刚劲的西风刮出了一处处奇特的地貌。那略微有些凛冽的景色，虽不及江南水乡吴侬软语般缠绵委婉，却有着饱经沧桑之后的冷静与沉着。

在唐代，玉门关便已经是当时的边塞。许多朝中官员及文人墨客都曾来到这里，也留下了许多鲜活的边塞诗篇。其中以高适、王昌龄、岑参、王之涣四位的边塞诗较为出名，他们并称为"四大边塞诗人"。在王之涣留存不多的诗作中，与《登鹳雀楼》同为千古绝唱的还有《出塞》（《凉州词》），被明人王世懋称为盛唐绝句的"压卷之作"（《艺圃撷余》）。

其一

黄河远上白云间，

一片孤城万仞山。

羌笛何须怨杨柳，

春风不度玉门关。

其二

单于北望拂云堆，

杀马登坛祭几回。

汉家天子今神武，

不肯和亲归去来。

创作这首诗时，王之涣已经离开了官场。当年，对于仕途，他并没有所谓的雄心壮志。小官吏的身份已经完全能够让他满足。虽然已过而立之年，王之涣却从不去主动谋求远大的前程，许多人觉得他是一个没出息的男人，可他自己却喜欢偏守一隅，过着淡泊宁静的日子。

他本以为，就这样淡然地生活，不争不抢地做着自己，便能安稳地过着自己想要的人生。谁知，他的淡然处世，却成为利欲熏心之人眼中难以容下的沙子。因为王之涣在他们中间显得是那样格格不入，因此也成为别人攻击的目标。

既然官场之大，没有他的容身之地，那么索性再也不为五斗米折腰。王之涣难以忍受别人的无端攻击，愤然辞去了官职。

辞官之后的生活，王之涣大多交付给多姿的山水。祖国的高山大河，他纵情游览，用脚步丈量着大唐的每一寸土地，他觉得，这种踏实的感觉，才是幸福的人生。

他终于发现，大唐的山川，是那样秀美，离开官场的生活，是如此惬意。他无须在脸上戴上虚伪的面具，可以如此从容地欣赏眼前每一份真实的景色。这种畅快的心情，也催生了许多脍炙人口的诗篇。《登鹳雀楼》，便是王之涣来到黄河岸边，欣赏着黄河之水如千军万马般一泻而下时，滔滔水声在胸膛中撞击出的灵感。

无官可做的日子，原来是如此轻松自在。为此，王之涣不曾感受到半点儿失落，反而因为收获了山河美景而感觉充实圆满。能够心无旁骛地与大自然展开一场对话，这是许多人都无法体会的畅快。在山水之间，王之涣也找寻到了快乐的真谛。

就这样，王之涣的脚步越走越远，那一日，他终于来到了万里之外的敦煌玉门关。眼前的一切景象，都让他感觉到说不出口的震撼，黄河的波涛是那样汹涌，仿佛无边无际，一直连到云端。塞上倚山而建的一座孤城，让他想到了在边塞征战的将士，他们何尝不是孤独的，家乡的妻儿老小，也只能在梦中相见吧？

就这样，一首《凉州词》应运而生。《凉州词》是乐府诗的名称，本为凉州一带的歌曲，唐代诗人多用此调作诗，描写西北边塞的风光和战事。他们的题目一样，但内容不一样。凉州，今甘肃省武威市，简称雍凉、凉、雍，西北首府。汉武帝派骠骑将军霍去病远征河西，击败匈奴，为彰其"武功军威"命名武威。自汉武帝开辟河西四郡，历代王朝都曾在这里设郡置府。

"黄河远上白云间，一片孤城万仞山。"此时诗人眼前的景象是壮阔的，也是荒凉的。奔流的黄河仿佛从天上远远而来，又向天上远远而去，与天上的白云连接在一起。那一座戍边的堡垒，就孤零零地耸峙在高山之中。

"远上"，远远望去，前面再加上"黄河"二字，便是诗人逆着河流流向往上望黄河的源头。

"孤城"，将士们在边疆建造的堡垒。堡垒孤零零地立在那里，也许是承载了戍边将士们内心中的孤独。"仞"，古代的一种长度单位。一仞相当于七尺或八尺。这里是说戍边堡垒所在的位置，就在一座高山之间。

这一首诗，承载了戍边士兵浓浓的乡愁。开头两句虽未直接写乡愁，却写出了黄河的雄壮气势和边疆的苍凉之感，为后两句描写乡愁做出了充足的铺垫。从全诗的一开头，诗人就铺陈出一种悲壮的氛围，戍边将士个个思念家乡，却又无法回到那令自己深深眷念的地方。

可即便如此，诗人也没有让这首诗呈现出半点儿颓丧与消沉的意味，反而勾勒出一幅壮阔的边疆图画。在辽阔的高原之上，黄河奔腾而去，塞上的堡垒，身处高山大河的环抱之中，依然孤独地挺立。

祖国的河山是那样壮阔，这也是让戍边将士们心甘情愿留在这里的理由。他们要用手中的武器和自己的身体，保卫住自己的祖国，不受外族的侵犯。

"羌笛何须怨杨柳，春风不度玉门关。"诗人的耳边，忽然传来一阵羌笛之声。他仔细分辨着曲声，发现正是《折杨柳》这首曲子。这更加勾起了诗人和将士们的浓浓的乡愁。与此同时，诗人也在感慨："又何必用羌笛吹奏起这曲哀怨的《折杨柳》去埋怨春光来迟呢？玉门关是如此之远，春风是根本吹不到这里的。"

"羌笛"，是我国很古老的一种吹奏乐器，已有两千多年的历史，源于古时的羌族部落。羌族人用吹奏羌笛的方式来表达他们的思念和向往之情。"杨柳",是指《折杨柳》这首乐曲,乐府中《横吹曲辞》旧题。古人都有折柳送别的习惯,古代诗文当中也会用杨柳比喻送别之事。北朝乐府《鼓角横吹曲》中的《折杨柳枝》一曲,便有歌词唱道:"上马不捉鞭,反拗杨柳枝。下马吹横笛,愁杀行客儿。"古人之所以有折柳送别的习俗,是因为"柳"与"留"谐音。向离开的友人送一枝杨柳,其实是表示留念的含义。尤其是在唐代,折柳送别的风俗极为盛行,因此,每当有提到离别的诗词,便会出现与杨柳有关的字句。

玉门关,始置于汉武帝开通西域道路、设置河西四郡之时,因西域输入玉石时取道于此而得名。汉时为通往西域各地的门户,故址在今甘肃敦煌西北小方盘城。

《折杨柳》的曲声回荡在诗人耳边,他知道,戍边的将士们也一定已经听到了。那悲凉的曲调,一定会触动他们的乡愁,这反而是诗人不希望发生的事情。他愿意替他们去感受这份乡愁,却也希望士兵们能安心地守卫边疆。因此,诗的后两句,诗人才采用了反问的语气。尤其是"何须怨"三个字,更是直截了当地点明即使埋怨也没有用。

结合当时的情况可以看出,后两句诗中或多或少地包含了一些讽刺的意味。诗人并不是在劝士兵们不要因为戍边而心生埋怨,而是在讽刺朝廷的恩泽根本覆盖不到边塞的将士。他们与家乡远隔万里,与皇帝的君恩也远隔万里。

若这样理解,最后一句中的"春风",也并不是真的指代春风,而是指代当朝的统治者。他们安居于繁华的京城,却根本不懂得体恤民情,远在边疆的将士们,也根本感受不到朝廷给予的任何关切。朝廷既然本就不打算关心这些戍边将士，那么即便是怨，又有何用呢？

这一首绝句，承载了诗人两种情感。他先是描绘了一幅西北边疆风光的壮美画卷，又对戍边将士无法受到朝廷的重视而感到同情。短短的四句诗，二十八个字，却足以引起读者的无限想象与寻味。

与"其一"相比，"其二"则完全呈现出不同的风格：

"单于北望拂云堆，杀马登坛祭几回。""单于"，是古代匈奴人对他们部落联盟首领的专称，意为广大之貌，此指突厥首领。"拂云堆"，古地名。在今内蒙古包头西北。唐时朔方军北与突厥以河为界，河北岸有拂云堆神祠，突厥如用兵，必先前往此祠求福。

"登坛"，登上坛场。古时会盟、祭祀、帝王即位、拜将，多设坛场，举行隆重的仪式。

"汉家天子今神武，不肯和亲归去来。""神武"，神明而威武。"和亲"，古代君主为了免于战争与边疆异族统治者通婚和好。"来"，语气词，并没有任何具体的含义。

冷风中，突厥的首领望着远方的拂云堆，心内情感想必是五味杂陈的吧。每次打算入侵中原之前都会到拂云堆神祠登坛祭爵求福。而今天的大唐王朝是多么威武雄壮，再也不肯用和亲这样的方略来换取短暂的和平了。此次中原之行，只能是无功而返。这首诗是以突厥首领的视角，反映唐朝的强大。

诗中和亲这件事，发生在唐玄宗开元年间（713—741），当时突厥首领小杀，先是恳请要做玄宗皇帝的儿子，玄宗答应了。之后小杀又欲娶公主，唐玄宗只给了他丰厚的赏赐，却未允许公主和亲。后来突厥曾问唐朝使者袁振，这是为何？袁振答道："可汗既然已经是皇帝的儿子了，又岂能娶皇帝的女儿呢？"

后来，小杀又派遣突厥大臣颉利发入朝纳贡，玄宗邀颉利发一同狩猎，当时玄宗所骑的御马前方突然出现一只兔子，玄宗一箭便射中了。颉利发便恭敬地说："圣人神武超绝，人间无也。"后来玄宗为他们设宴，并且赏赐给他们厚礼，作为送别的礼物，最终没答应和亲的事。

这首诗视角独特，观察深入，赞颂唐玄宗在处理外侵者关系上的有礼有节，为唐朝的强大而充满浓厚的自豪之感。同时也道出战争带来的伤害不只是对于一方，而是对于双方的。

凉州，作为古丝绸之路的要冲，西边是祁连山，东边是腾格里沙漠与巴丹吉林沙漠，中间便是"河西走廊"。因此在古时，扼住了凉州，就相当于扼住了丝绸之路的咽喉。除了优越的地理位置，境内名胜古迹也遍及于此。雪域高原、绿洲风光和大漠戈壁等自然景观与历史文化交相辉映。

如今的凉州已经换了模样，没了战争的硝烟，多了份和谐宁静，却抹不掉骨子里的沧桑感，那是一份民族坚守，肃穆而庄严。

敦煌·大漠孤烟直

　　苍茫的大漠，蒸发了多少旅人的思乡之泪？那里的天高云阔，让每一个来到这里的旅人都禁不住想要纵情驰骋。这里没有江南水乡的诗情画意，只有悲壮与雄浑的诗词吟唱着，英雄之泪沾湿了衣襟。

　　大诗人王维第一次出使边塞时，被赴边途中的边塞风光所惊叹，写下了这首脍炙人口的边塞诗——《使至塞上》。

　　　　单车欲问边，属国过居延。

　　　　征蓬出汉塞，归雁入胡天。

　　　　大漠孤烟直，长河落日圆。

　　　　萧关逢候骑，都护在燕然。

　　这首诗的创作时间，大约是在唐代开元二十五年（737）春季。

　　唐代的凉州（今甘肃威武），是西部军事重镇和战略要地，鉴于其在战略上的重要地位，唐王朝于公元711年在凉州设置了河西节度使，布驻重兵，用以抵挡吐蕃。唐玄宗开元二十四年（736），吐蕃发兵攻打小勃律国（今克什米尔西北部）。小勃律国向唐朝求救。当时，小勃律国是唐朝的属国，为此，唐朝派兵镇压吐蕃，节度使张孝嵩派遣疏勒副使张思礼率精兵四千人兼程前往，在青涤西（今新疆与西藏交界处）大破吐蕃军队。唐玄宗便命令王维以监察御史的身份出使凉州，察访军情，犒劳士卒。名义上是出使，实际上是被朝廷排挤出来。

这一层含义，王维怎么可能不知晓？就在不久之前，他的好友张九龄也遭到贬黜。王维的此次边塞之旅，注定是满载着忧郁之情的。

离开京城时，王维只准备了十分简单的行装。他从长安出发，途经泾州（在今甘肃泾川北）、萧关（在今宁夏固原东南），一路到达兰州，又从兰州继续前行，奔赴边塞。

一路上，王维乘坐着一辆木板马车，长途跋涉与颠簸，再加上大漠的曝晒与炎热，还要躲避契丹人控制的叛乱地区，当终于到达边塞时，王维几乎已经丢掉了半条命。

好在王维与河西节度副大使崔希逸本就是旧友，崔希逸听说王维便是新来的监察御史，于是特意亲自迎接。

对于王维来说，见到崔希逸，便等于他乡遇故知。当天晚上，崔希逸便为王维设下了隆重的接风宴席，两人一面饮酒，一面聊起朝廷的局势，当说到张九龄被贬的遭遇，二人更是忍不住一阵唏嘘。

崔希逸虽远在边塞，但与朝中的许多正直官员都有很好的交情，所以对于朝中的大事也是有耳闻的。他不禁感叹，如果朝廷再继续如此昏庸下去，对于那些做出大贡献的有功之臣不加以褒奖，反而加以贬黜，也许再也不会有人愿意为朝廷效力了。

　　说到此处，王维只剩下一抹苦笑。他感叹自己如今已经年老，恐怕不能在官场上有任何大的作为了。他几乎是半开玩笑般地对崔希逸说："不如我来此边塞之地，在你幕下做个判官如何？你我二人在此处也算是有个照应，比在长安城里要自在许多啊。"

　　崔希逸知道王维此番话语当中有玩笑的成分，一边哈哈大笑，一边说王维留在自己幕下实在是屈才了。其实，崔希逸非常赏识王维的才学，如果王维真的愿意留下，崔希逸自然是求之不得的。于是，两个人一拍即合。在崔希逸的保奏下，王维真的留在了崔希逸的幕府里担任节度判官。

　　在边塞待了一段时日，王维竟然真的爱上了大漠的宽广与苍凉。正是在边塞驻足的一年多的时间内，他创作了一首首脍炙人口的诗篇，字里行间洋溢着对凉州的深厚感情。

　　那时，王维常常骑马出行，壮美的边塞风光，被王维一处不落地收入眼中。当他的足迹行至凉州与敦煌之间的大漠时，便再也抑制不住胸中的激昂情感，回想起自己出使边塞一路的经历，便创作出这一首《使至塞上》。

　　敦煌位于河西走廊的最西端，地处甘肃、青海、新疆三省区的交界处。这里曾经的辉煌，以及如今依然保留的博大精深的文化内涵，都让敦煌成为一座闻名于世界的城市。在古时，敦煌是中国通往西域、中亚和欧洲的交通要道，也是丝绸之路上的一座重要城市。

　　"单车欲问边，属国过居延。"想当初，诗人一辆马车，轻装前行，前来边塞之地慰问官兵。承载着"属国"职责的他，一路向西，途经居延，来到西北边塞。

"单车"，谓驾一辆车，形容轻车简从。"问边"，便是王维此次出使边塞的使命，即去慰问守卫边疆的官兵。

"属国"，一是指中央王朝为安置归附的边疆民族而依缘边诸郡设置的一种行政建制；也指一种官职名称典属国，主要负责外交事务。在这句诗中，诗人自然是用来指代后者，也表明自己的使者身份。"居延"，地名，是中国汉唐以来西北地区的军事重镇。故址在今内蒙古自治区额济纳旗境内。

"征蓬出汉塞，归雁入胡天。"此刻行走在出使之路上的自己，就像断根的蓬草一般远离了故土。就连大雁都知道按时飞回北方，自己何时能找到属于自己的容身之地呢？

"征蓬"，犹飘蓬。此处是诗人自喻。"归雁"，大雁是一种候鸟，春天北飞，秋天南飞，候时去来，故称"归雁"。诗中是说春天来临，大雁已经开始向北方回归。

"胡天"，胡人的天下和领地。不过因为刚刚在战争中取得了胜利，如今这片领地已经由大唐军队占据。

诗人是在通过这句诗抒发自己内心的激愤与抑郁之情。短短十个字，却已经涵盖了一路上的颠簸与辛苦。

"大漠孤烟直，长河落日圆。"浩瀚的沙漠之中，一缕孤烟直直地升上天空；无尽的长河之上，一轮落日饱满浑圆。

"大漠"，指我国西北部一带的广大沙漠地区。此处指位于凉州之北的沙漠。"孤烟"，有多种解释。一种是指代古代边防用来做警报之用的狼烟，是燃烧狼粪而产生的，这种烟呈直线形飘向上空，即便有风吹来也不会轻易飘散。另一种解释，是沙漠之中的旋风卷起的沙子，沙子随着旋风呈一条升上天空的直线，与燃烧狼粪产生的狼烟十分相似。第三种解释是唐代边防所使用的平安火。在《六典》中记载："唐镇戍烽候所至，大率相去三十里，每日初夜，放烟一炬，谓之平安火。"

诗人来到边塞，是慰问打了胜仗的戍边将士，因此，见到狼烟的可能性很小。再联系后文中所描述的"长河落日圆"，可以判定诗人在见到"孤烟"时正值白日，因此燃放"平安火"的可能也并不大。由此便知，诗人见到的"孤烟"极有可能就是沙漠中的旋风卷起的沙尘。

"长河"，黄河。不过也有人认为，诗中的"长河"指的是凉州以北的沙漠中的一条内陆河。

直到此句出现，全诗的艺术境界被提升到了一个制高点。王维最擅长用诗词来写景，这一句则是完美地再现了大漠之中独有的景致。只有身在塞外，才能欣赏到如此奇特壮丽的风光，眼前才能有如此开阔的场景。

这样的景致，让诗人在荒凉之中增添了几许雄浑之感。沙漠中的一切事物，都带着坚毅的色彩。就连天上的落日，都没有因为已近黄昏而呈现出丝毫的暮色。一个"圆"字，让一轮落日呈现出亲切而又温暖的感觉，同时还带有大漠独有的一份苍茫。

这也是诗人自己的切身所感。孤身在边塞，他同样也是寂寞的，他将这份寂寞融入到大漠的景致当中，也将自己对故乡的思念寄托在了诗词当中。

"萧关逢候骑，都护在燕然。"这两句诗是诗人回忆自已当初来边塞的经历，已近边塞，偶遇正在侦察的骑兵，从他们那里，诗人得知，军队的主帅虽然已经打败敌军，却依然停留在前线未曾归来。

"萧关"，古关名。故址在今宁夏固原东南，为自关中通向塞北的交通要冲。"候骑"指的是古时负责侦察与通信的骑兵。一作"候吏"。

"都护"，都护府是汉、唐等朝代中原王朝为防卫边境与统治周边民族而设置的军事机关。唐置安东、安西、安南、安北、单于、北庭六大都护。都护府长官称为都护。"燕然"，古山名，即今蒙古国境内的杭爱山，也泛指边塞的前线。

边塞入幕的这段日子，是王维仕途中一段比较放松的时间。他也趁这段时间留下了许多边塞诗篇，描绘出边塞将士生活的艰苦，也抒发自己远在天涯漂泊的悲壮情怀。

诗人将这次边塞之行，也当作了生命中的一段旅程。诗中描绘的，大多是自己在塞外所见的风光，也交代了自己创作此诗的缘由以及此行的目的。朝中已经没有他的容身之地，因此他才会以蓬草自喻。然而，大漠中的壮阔景象，却多少安慰了他远在异乡的飘零之感。

对他而言，大漠的生活，反而是一种对于灵魂的净化。在长安时的他，虽然身处繁华与热闹之中，却时刻都有孤独寂寞之感。而来到大漠之后，这种感觉荡然无存，取而代之的，是与广阔的沙漠一样豁达的情怀。

敦煌，这座承载着太多历史的城市，多少金戈铁马曾在这里被埋葬，历经风雨的洗礼。如今成为一个让人魂牵梦绕、惦念至极的地方。黄沙漫漫，掩不住敦煌的繁华，大漠茫茫，刻画出敦煌绝世的容颜，车轮滚滚，碾过早已被风沙掩埋的足迹。

悠久的莫高窟、奇妙的月牙泉和鸣沙山，还有那残缺的玉门关……共同诉说着敦煌的沧桑历史与美丽传奇。

兰州·古戍依重险，高楼见五凉

再锋利的剪刀，依然无法干净利落地剪断爱恨情仇，更剪不断那日暮之后苍茫之外的孤独。饮三杯两盏淡酒，吟一段诗词歌赋，仿佛那浓烈的忧愁，也便随着齿间斟酌的字句慢慢舒缓了。

每当唐代的文人来到边塞之地，便会心生一种苍凉之感。无边的沙漠总是会触发他们的激情，也会撩拨起他们浓浓的乡愁。

题金城临河驿楼

古戍依重险，高楼见五凉。

山根盘驿道，河水浸城墙。

庭树巢鹦鹉，园花隐麝香。

忽如江浦上，忆作捕鱼郎。

提到岑参，世人总是会立刻吟诵出"忽如一夜春风来，千树万树梨花开"。的确，这首《白雪歌送武判官归京》也是岑参创作的众多边塞诗中的一首。在边塞之地，岑参曾生活多年，对于边疆将士鞍马风尘的征战生活，以及苍凉壮阔的边塞风光，都有着深刻的体会。

虽然出生于一个官僚贵族家庭，其曾祖父、伯祖父、伯父都曾官至宰相，其父亲也两次担任州刺史，岑参却没有半点骄矜之气。也许这是因为到了岑参这一代，由于父亲早亡，家道已经开始中落。在岑参年幼的时候，家境甚至可以用贫寒来形容，就连读书开蒙的学费，家里都无力支付，幼年岑参读书只得依靠兄长教导。

贫寒的家境没有埋没岑参的聪颖天资，他5岁开始读书，9岁便能写得一手好文章。长大一些之后，岑参随父亲前往晋州（今河北石家庄）。父亲死后，他便移居嵩阳（今河南登封），之后15岁时又移居颖阳（今河南登封西），过起了隐居的生活。也许是这嵩山东西两处的奇峰峻岭为年轻的岑参提供了幽静的环境，让他能够潜心攻读，更加在学问方面打下了坚实的基础，也养成了他恬静淡泊的个性。

天宝三载（744），岑参进士及第，被授予右内率府兵曹参军。五年之后，岑参随高仙芝出征安西，任安西四镇节度使高仙芝幕府掌书记，这也是岑参人生中第一次出塞。

当时的他，满怀一腔报国壮志，坚信自己能在戎马之中开拓远大的前程。可惜，到了边塞，却只是做了一个文秘，主要写写临战誓师之类的文字，慢慢地，一天天地过去了，他觉得这种日子和自己心中所想相去甚远。两年之后，他回到长安，与李白、杜甫、高适等好友结伴同游。

天宝十三载（754），岑参又随安西北庭节度使封常清出塞北疆，被任命为节度判官，负责辅佐政事，地位比第一次出塞高很多。再次出塞，让他拥有更加浓厚的报国热情。安史之乱后，至德二载（757）才回朝，投奔唐肃宗，在左拾遗杜甫的推荐下，被封为右补阙。之后不被赏识，郁郁不得志，遭到贬谪。

大历元年（766），岑参官至嘉州（今四川乐山）刺史，后人因称"岑嘉州"。官从四品，这是他一生中最大的官职。

约大历五年（770），56岁的岑参染病在身，客死异乡。

岑参许多脍炙人口的边塞诗篇，便是创作于第二次出塞期间。其中就包括《白雪歌送武判官归京》以及这首《题金城临河驿楼》。

诗题中的"金城"，即今甘肃兰州。据记载，因当初筑城时挖出金子，故取名金城。另一说是由于兰州城特殊的地理位置被群山环抱，固若金汤，因此取"金城汤池"的典故，名为金城，喻其坚不可摧。

兰州是古代丝绸之路上的重镇，人类在这里繁衍生息的历史可以追溯到五千年以前。早在西汉时期，这里便已设立金城县，一直到隋朝初年，才改称兰州。

作为丝绸之路上的一大关隘——金城关，在古代，既是依托黄河天堑，重兵把守，拒敌于河西，拱卫中原的"固若金汤"的关城要塞，也是"丝绸西去，天马东来"，商旅交流、茶马互换的通商口岸。早在汉代时期，就已经在此处设关。此后又改名金城津，而且关址也有所迁移。如今因为城市建设，诗中的金城故址再也难觅踪影了。

"古戍依重险，高楼见五凉。"诗人眼中的金城，依靠着重重险峻的地势而建。站在高高的城楼上，仿佛能望到"五凉"地区。

"古戍"，指边疆古老的城堡、营垒。"重险"，层层险阻的地势。明代诗人陈子龙曾在《伤春》之五中写道："汉塞依重险，胡兵去不难。"

　　"高楼"，指高高的城楼。"五凉"，指晋和南朝宋时北方十六国中的前凉、后凉、西凉、北凉、南凉。主要活动在河西走廊和青海河湟地区，后借指甘肃一带。

　　"山根盘驿道，河水浸城墙。"山脚下的驿道仿佛错节盘根，河水浸入了城墙。

　　"山根"，山脚下。明代开国宰相刘基曾在《题山水图为宝林衍上人作》一诗中写道："雨过秋山日欲曛，白云如雪拥山根。""驿道"，古代为传车、驿马通行的大道，沿途设置驿站，同时也用于传输军令军情。

　　诗的上半部分，通过城楼的高峻、山势的险要、河水绕城三个方面，更加突出了"重险"一词。站在城墙之上，便能望到五凉，说明城墙处于一处极高的地势；山脚盘旋环绕着驿道，说明这里的山势陡峭，是一座天然的屏障；河水浸着城墙，便说明城墙的外围有一道护城河，自然也是一处天然的军事屏障。

　　"庭树巢鹦鹉，园花隐麝香。"诗人见到的金城，并非像世人传说的那样，是一处荒凉的边塞之地。这里的庭院之中，也大多栽种着郁郁葱葱的树木，树木上方还有鹦鹉的巢穴；园中的花朵也都开得姹紫嫣红，散发出阵阵香气，宛如麝香的味道。

　　"忽如江浦上，忆作捕鱼郎。"在塞外，岑参是一名客居之人。不知不觉间，他来到一处江边，不知为何，突然回忆起自己当年做渔夫的生活。也许这就是想家的感觉吧，越是远离家乡，那份思乡之情就越是浓厚。

"江浦"，即江边，唐代诗人杜甫曾在《鸥》一诗中写道："江浦寒鸥戏，无他亦自饶。"

诗人原本还在描写着金城驿楼所在位置的地势险要，却突然笔锋一转，回忆起当年在故乡捕鱼的生活。那时的生活，是那样闲适自在，不像如今，羁旅异乡，能够感受到的，唯有孤独和寂寞。

古人大多喜欢通过诗歌来表达自己的情感与思想，诗歌的内容，或是描写景物，或是描写人物。无论描写的对象为何，诗人岑参都是在表达自己身为异乡游子的悲伤与思乡的深情。

他是唐代著名的边塞诗人，流传于后世的诗篇，也大多以边塞诗为主。仿佛在边塞时期那段鞍马风尘的生活，为他营造了一种全新的生活环境，也让他产生了完全不同于以往的作诗灵感。

自从来到边塞，岑参的诗开始出现雄奇瑰丽的浪漫色彩，许多诗篇都将边塞的奇异景色描写得如同画卷般真切。

岑参出使塞外之时，正是大唐与塞外战事频繁的时候。岑参之所以两度出塞，是因为他心怀到塞外建功立业的志向。因此，在边疆的军队中，岑参生活了六年时间。他与边疆的将士们同吃同住，对他们的生活进行了细致的观察，也通过诗篇进行了真实刻画。

透过岑参的诗，仿佛看到边疆勇士们在寒风中、在雨雪中征战沙场、浴血奋战的壮烈场面。兰州城下掩埋了无数英魂，也寄托了无数仁人志士保家卫国的信念。

　　兰州，一座这样有历史的城，它的历史积淀之厚是令人难以言喻的。曾经有多少文人墨客在此留下诗词歌赋。它的名字被镌刻在一首首诗歌中，被潜藏在一串串字句中，随着时间的流逝，在历史的长河里熠熠生辉、永不褪色。

后　记

　　每当行走到一个陌生的地方，总是思考着是否有什么样的文字可以作为参考，能让我对脚下的这片土地迅速地熟悉起来。偶尔翻阅诗词，忽然发现，唐诗便是旅行之中最完美的导游。

　　唐代的文人墨客，喜欢读万卷书，更喜欢行万里路。祖国的名山大川、风景名胜，都在他们的诗词当中被吟诵了千年，只要能读懂诗中的内涵，便能看懂眼前的美景。

　　原来，诗词不仅可以陶冶心性，更可以帮助我们用心去感受眼前的每一处风景。

　　每当想要离开正在生活的城市，就会习惯性地先翻阅一卷唐诗。那里会为我提供远行的灵感，更会让我在到一个地方之前，就已经与那里建立起深厚的感情。所有的压力，便在流淌的诗句当中渐渐被释放了。

　　真实的感情，的确可以寄托在诗词与山水之中，跟随着唐诗的脚步，我也渐渐找到了另一个更好的自己。行山、行水、读诗、看风景，没有任何一件事情能比这样的生活更加轻松。

　　始终坚信，每一首唐诗，都凝聚了作者的灵魂。正是因为承载了诗人的情感，那一首首动人的诗词才能流传千年，成为中国诗词史上的代表之作。

　　跟着唐诗的步伐，能够让我们亲历诗中最美的山水，更能品味唐诗当中那些千古不衰的韵味。如果你还没有找到一个旅行的借口，如果你还没有找到一个想要到达的地方，那么就翻阅一卷唐诗吧，它会给你灵感，也会激发你旅行的冲动。